鲁迅文学奖新疆作家文丛

董夏青青

自选集

董夏青青
著

新疆人民出版社
（新疆少数民族出版基地）

图书在版编目(CIP)数据

董夏青青自选集 / 董夏青青著. -- 乌鲁木齐 : 新疆人民出版社(新疆少数民族出版基地), 2025. 6.(鲁迅文学奖新疆作家文丛). -- ISBN 978-7-228-21669-7

I. I247.7

中国国家版本馆CIP数据核字第2025G5N763号

董夏青青自选集

DONGXIA QINGQING ZIXUANJI

出 版 人	李翠玲	策　　划	罗卫华
出版统筹	陈　漠	责任编辑	刘　巾
装帧设计	姚亚龙	责任校对	美热依
责任技术编辑	杨　爽		

出版发行　新　疆　人民出版社(新疆少数民族出版基地)
地　　址　乌鲁木齐市解放南路348号
邮　　编　830001
电　　话　0991-2825887(总编室)　0991-2837939(营销发行部)
制　　作　乌鲁木齐市向好文化传媒有限公司
印　　刷　河南瑞之光印刷股份有限公司

开　　本　787mm × 1092mm　1/16
印　　张　12.75
字　　数　160千字
版　　次　2025年6月第1版
印　　次　2025年6月第1次印刷
定　　价　68.00元

前　言

鲁迅文学奖是中国具有最高荣誉的文学奖之一，其设立旨在奖励优秀中篇小说、短篇小说、报告文学、诗歌、散文杂文、文学理论评论等的创作，推动中国文学事业繁荣发展。

1997年，首届鲁迅文学奖评奖，有两位新疆作家的作品获奖：周涛的《中华散文珍藏本·周涛卷》和沈苇的《在瞬间逗留》。新疆广袤的大地赋予作家丰富的创作灵感，如雨后春笋般，陆续有新疆作家（或在新疆工作、生活过的作家）获鲁迅文学奖：韩子勇（第二届）、刘亮程（第六届）、丰收（第七届）、李娟（第七届）、张者（第八届）、董夏青青（第八届）。他们犹如一颗颗璀璨明星，印证着这片土地蕴藏的无限创作潜能。

为了让广大读者感受新疆文学作品的蓬勃活力和多元魅力，我们推出"鲁迅文学奖新疆作家文丛"，精选荣获鲁迅文学奖的新疆作家的代表作品。首批出版七部作品：《周涛自选集》《沈苇自选集·沙之书（1989～2024）》《韩子勇自选集》《刘亮程选本》《丰收自选集》《张者自选集·老风口》《董夏青青自选集》。

推出这套文丛是对优秀文学成果的致敬，更是对文化的传承与创新，我们坚信：经典的文学作品具有穿越时空的力量，能为读者提供深层的精神慰藉与思想启迪。

出版不是终点,而是新的起点——它是对未来的期许。愿这套文丛成为一颗种子,在读者心中播下对新疆的热爱;愿它成为一条纽带,将各民族的情感与心灵联结得更为紧密;愿它成为一支火炬,为更多人照亮文学前行之路。新疆是文学的风土,新疆题材的文学天地向所有热爱这片土地、怀揣创作热忱的人敞开怀抱。我们期待更多作家与文学爱好者,以多元视角、多样笔触讲述新疆故事,创作出更多思想精深、艺术精湛的优秀文学作品,在广阔的文学天地中绽放出璀璨光芒。

目　录

在阿吾斯奇

云霭封锁了雪峰之间偶尔显露的天际远景。阴冷彻骨的北风越刮越大，靶场上掀起沙尘，落到正在一座墓地上挥动铁锹、铁铲的几个人身上。他弓起背使劲铲开沙石，刨飞的尘土打在旁边人的衣裤上嘭嘭作响。七八个人手脚不停地挖了一个多小时，才在坑深两三米的地方碰到棺材。停顿几秒，大伙放缓的动作又快起来，要抢在暴雨之前将遗骸装箱。

露出棺盖时，站在几米外的一家人走到近前。

这家人是埋在靶场东头这位烈士的家属。来靶场之前教导员跟他讲，二十世纪七十年代连队骑乘巡逻，一个战士的马在山口甬道的雪崩中受惊。被甩下马背的战士一只脚被马镫挂住，拖行近一公里才挣脱，事后昏迷不醒，等不及送下山医治人就没了。当时连队给战士老家的民政局拍了封电报，一个月后民政局回信给连队，表示家属已知悉，并转达将孩子葬在连队的意愿。上个月，这位烈士的弟弟辗转联系到团部，说想来接大哥的遗骸回家。

开棺前，教导员松开铁锹向一旁伸出手。一个战士从上衣兜里掏出一小瓶酒递过去。教导员拧开盖，单膝跪地，将酒瓶高举过头顶后倒出酒来洒在棺盖上，起身时掷开瓶子，大喝一声。战士们扔下手里的家伙儿跟着教导员跳进坑里，上前弯腰抬起棺盖。

拾捡骨殖装箱时，烈士的弟弟跪倒在地，放声恸哭。他低头看见烈士脚上黄胶鞋的布面已经风化，橡胶鞋底还在。

阖棺前，他爬出坑外。烈士的弟弟上前将他从地上搀起。看他站稳了，松开手倒退两步，向他鞠了一躬。

雷声滚过，空气里潮乎乎的土腥味刺鼻。教导员让正准备回填土坑的战士们赶紧收队，和家属一同返回连队。

开饭时间已经过了，通讯员热了饭菜端上桌。教导员把一盘鸭架换到他面前。

“营长，来。”教导员冲他扬了下下巴。

他摆摆手，起身盛了碗汤。

“您是这儿的营长？”烈士的弟弟问。

“忘了介绍。”教导员说，“这是南疆军区来指导工作的殷营长，他弟弟是咱们连队的三班长。”

“那这正好能跟兄弟见面了。”烈士的弟弟说。

“三班长现在正在总医院住院……休养好了就回来。”教导员说。

“生病了？”烈士的弟弟问。

他拿起盘子里教导员掰剩下的半块馍，没作声。

“中午你们先休息。”教导员拿一个苹果给烈士的弟弟，“下午把行李证明给你们，不然那箱子过不了安检。奎屯那边的殡仪馆也联系好了，你们到那里转车，先火化了再带回家吧。”

“教导员，听说还有个烈士埋在这儿？”烈士的弟弟问。

“嗯，有。”教导员说，“一个从北京来的同志，七十年代到的克拉玛依市人武部，有段时间就在我们这儿的牧区支农。当时这边和苏联经常有矛盾，为了边界的事扯皮、闹架。他了解情况后说，等我死了就把我的骨灰埋到争议区去，以后划定国界，再把我圈进来。”

“一九七九年的时候……”教导员说，“比你大哥再晚几年，这个叫李明秀的人就因为肝癌过世了，临走之前再次给家人交代，说务必把他埋在阿吾斯奇的双湖边上。这样国家可以拿他的墓作为一个方位物，作为边防斗争的一个证据。你们也知道，那个年代几乎没有火化的，可李明秀就是火化了以后，家属再从克拉玛依给送到这儿来的。离过年还有不到十天时间，连队派人带过去埋了，原地竖了一块石头板子。”

“那后来圈过来没有?”烈士的弟弟问。

教导员在桌上横着画了一道，说:“本来以前两边的实际控制线是以两个湖中间的丘陵为界，我们管南湖，北湖是人家的，之后北湖也划给我们了。二〇〇五年军区给他重修了墓，立了大理石碑。我们每回巡逻路过，战士都上前敬根烟，清明全连去扫墓。”

“唔，真是个人物。”烈士的弟弟说。

“你也够能的。”教导员说，“当时我们想找李明秀的资料，托人去克拉玛依人武部、民政局、法院、档案馆，能去的地方都找遍了，愣是没档案、没记录，连张照片也没有。你哥牺牲那会儿我们就往你们老家发了封电报，没想到隔这么些年你还能再找过来。”

炊事班后厨响起水声。连队军医端着饭盒走出来同他们打招呼。

“军医，来来。”教导员说，“过来吃点。”

“我吃过了，你们聊，你们慢聊。”军医把饭盒放在一张空桌上，从饭堂前门出去了。

“阿吾斯奇的军医。”教导员说，“老同志特别痴迷书法，每回写字都误了饭点。”

回到招待室，他听见沙发背后的窗户被风撞得嗡嗡作响。四月末，南疆的白天已经热起来，北疆山上还潮湿阴冷，棉被盖在身上又潮又重。这两天中午他都没睡。

上午去水房找工具时教导员拦住他，说人手真的够了。他还是过去拿了把铲子，说就算是代弟弟出力。

这两年不知说过多少回要来阿吾斯奇，可想不到有一天在这儿了，会是为了帮小弟收拾放在连队的被褥衣物和储藏室的行李，然后带走。

去年阿吾斯奇的雪下得早、下得多。连队自己烧锅炉，攒的煤渣子多了没地方放，入冬前就找乡里派拖拉机来运煤渣。拖拉机上山的时候没油了，驾驶员给连队打电话，说车没油了，让人快给送来。当时连队门前正好停着一辆兵团上来慰问的车，小弟一听就拿上一桶油，开着那辆皮卡去给拖拉机送油。路上，小弟将皮卡车停在窄道边，跑下去找拖拉机。送完油顶着风雪往回跑时，对面驶来一辆拉粮食的大半挂车，司机没刹住车，车头把皮卡车推出去十几米远，小弟当时就站在车斗后边，被撞进路边的雪堆里埋住了。

上午那个人朝他鞠躬时，他第一反应是应当感恩、知足。相比那个人的兄长，小弟至少还活着，至少将来睁开眼是躺在一张干干净净的病床上。

他端起热水瓶冲了杯茶，起身拉上窗帘。这时屋门被推开，教导员走进来。

“想着你就没睡。”教导员仰倒在沙发上，歪头盯着茶杯口冒出的热气。

他将茶杯端到教导员跟前，走到另一侧的单人沙发前坐下。

“我跟指导员说了，下午你跟他们一块儿去巡逻。到界碑看看，你弟去年刚带人上去描的字。”教导员说。

他点点头。

“你弟带的就是下午去巡逻的这个班，三班。”

“他跟我说过，三班都是他兄弟。”

“你弟天生是带兵的料，在连队很有威信。”

“是你们把他带出来了。”

“惭愧……”教导员小声说。

“中午见的那个军医……”他说，“是不是姓沈？”

“对。认识老沈？”教导员端起茶杯吹吹，抿了一口。

“听我弟说的，军医给过他很多帮助。”

“老沈确实热心。快五十岁的人了，工资比政委还高，很多事糊弄着来也不会有人追究，但是他不，连队的小孩都愿意找他，有病看病没病咨询个事，我有时候也找他，他读书多，啥都知道。”

“就是这样的人越来越少了啊……”教导员放下茶杯，靠在沙发上愣神。

坐在勇士车的副驾驶上向外看，雨前灰暗、阴沉的天空，已经被清澈明亮、瞬息万变的光芒冲破，无垠无底的草野上闪耀着星星点点。

“营长，这是您头一回来北疆边防吗？”指导员在后座问。

“对。”他说。

“南疆那边的边防什么样？”指导员说。

“挺高的，每年上山驻训的平均海拔都在三千米以上。”他说。

“那您出过国吗？”指导员说。

“去年夏天我们在塔吉克斯坦搞了一次联合反恐演习。”他说。

后座一阵惊叹。

“塔吉克斯坦他们强吗?”指导员凑上前,扶住副驾驶的椅背。

他一时不知道该从何说起。当时一个加强连从旅部机动到谢布克,再到白苏尔,从清晨一直到后半夜两点多才把车队开到塔方营区。零点多,他那辆车后座上的人都缺氧睡瘫了。驾驶员困得直点头,他在副驾上也迷糊了。到古米其帕峰脚下的一处平坦地,车开着开着就不走了。醒来时他才发现驾驶员把着方向盘也睡着了,车队的尾灯已在山腰处闪烁。

到宿营地已是凌晨三点多钟。全队人从车上下来开始卸车。营地是一块种土豆的地,干干的沙土地。

“去那边演习,他们就准备了一块空地。”他说,“第二天起床,我们先搞了一个赠送仪式,把带去的帐篷送给他们。送完了领导还要我们过去指导安装,说那边的人不会搭帐篷……”

“不会搭帐篷?”一个二条兵插嘴。

“他们平常不配发帐篷。”他说,“我们刚把示范帐篷搭好,一个班的人就进来在地上高高兴兴地铺毛毡,铺完往地上一躺。当天晚上下了一场大雪,帐篷顶子都被压变形了,一问,他们也是在地上睡的。”

“那他们平时吃什么?”指导员问。

“一天两顿土豆糊煮鹰嘴豆,每个人背包里都装着烤玉米饼子。我们带了煤上去,自己煮奶茶,炊事班还做的鸡腿、牛肉、揪片子面汤……”

“怎么不买着吃?”还是这个二条兵在问。

他向后座的人解释,说塔吉克斯坦的战士看到中方的士兵抽烟非常惊讶。在塔方,只有官衔上有一定级别的军官才抽得起香烟。在小卖店,塔方的战士一根一根地买烟。糖也是,一次买几粒装到兜里带走。中方的战士一次拿走几条烟,糖果按公斤买。演习结束时,周围离得近的小卖店几乎被买空了。他记得店里最好的威士忌是人民币一百块一瓶,一百八十块两瓶。

车厢里又一阵惊叹。

“那他们的武器呢?”指导员问。

“武器……单兵素质还行。”

“也有实战能力,强悍。”他又补充一句。

“那我们的优势是什么?”指导员问。

他一时没答话,脑海里却晃动着那时的情景。

那中间的某天,一个塔吉克斯坦的老汉和一个穿着二道背心的女孩,牵来一头驴子卖给炊事班……

“优势?”他这才搭腔,“优势不就是你吗?”

“我?”指导员问。

“指导员和教导员不就是优势? 他们训练完做祷告,我们就找你们啊。”

“教导员可以,我不行……”指导员笑着说,“不过我们有军医,他是阿吾斯奇的优势。”

“快看,营长!”一个战士抱着枪站起来,头盔撞到车窗上。

他顺着战士手指的方向,看见几匹棕黑色的马伫立在山坡上。

“那是班长养的马!”旁边的战士摇下车窗玻璃,头伸向窗外朝着那几匹马吹口哨。

“前年和哈方会晤。”指导员说,“我们骑过去的伊犁马就像人家马的儿子,哈方拔河用的绳子也比我们的绳子粗了一倍,几场比赛我们都没占上风,后来三班长上去找他们的人单挑摔跤，摔赢了，他们才给我们鼓了一次掌。”

“那他跟你们说过，他去俄罗斯给普京表演吗?”他苦笑道。

“班长和我说过!”二条兵大声说道，“班长去看了克里姆林宫，然后走总统办公室的特殊通道去的红场。”

“普京也会武功? 不是跆拳道吗?”有个一年兵问道。

“普京很相信少林功夫，听说前些年，还曾把两个女儿送到少林寺学了一个多月。”他说。

小弟被送进少林寺那年，他正在高三复读。当时村里有户人家的小孩，每天不去学校，跟着小混混跑，家里管不住了就想把孩子送去少林寺的武校。小孩的父母在村里打听，问谁家小孩愿意做个伴，学费和生活费由他们家管。村支书牵了个线，带那家人找过来……

在少林寺的六年间，小弟给他写过几封信。第一封信是讲同村的那个小孩为什么回去了。小弟在信里说，他们每天早上四点钟起床，穿上沙袋背心、戴上沙袋绑腿就跑出去冲山。冲半个小时再回学校跑圈，一公里三分钟跑完，每天每人跑五个一公里。吃过早餐，教练会带他们去练蹿腾跳跃、拳术和器械。同村的小孩拉拉筋、压压腿还可以，下叉、下腰就不行了，老被教练拿木棍照屁股上打。打疼了他就大骂教练缺德，骂完又挨打。折腾不到俩月，同村的小孩就被家里人接回去了。

头三年武校学习阶段，小弟只跟着学校休寒假，每年暑假都和师兄弟在外实景演出，挣到的酬金用来抵在校期间的学费与生活费。

二〇〇九年，小弟在给他的一封信中说，少林寺受邀参加第一届俄罗斯国际军乐节，普京总统亲自接见了他们。在莫斯科，小弟参观了总统办公室，还去听了一场歌剧音乐会。在红场，好多人围着他们喊“斧头、斧头”，师兄跑过来让大伙摆动作，说这是想跟他们合影的意思。

信的后半部分，小弟提到身边很多师兄弟已开始寻求未来更好的出路。有的师兄回家乡办武术培训班，有的去给企业老总当保镖。和自己关系最好的同学去拍了电影《新少林寺》，拜入香港洪家班门下，以后待在横店当专业替身。小弟说，他有两条路可选：一是美国的签证没有到期，大师兄推荐他去曼哈顿的华人街当私人武术教练；另一份工作，也是自己比较倾向的，是和同班一个德国同学回他在巴伐利亚的老家支教。信的末尾小弟问他，到底是选美元还是欧元。

他那会儿已在南疆部队当班长，深夜趴在锅炉房的地上给小弟回信。信中写到童年时奶奶家的老屋，晚上到处是老鼠的叫声，夏天雨水大，室内的积水漫到脚脖。哥俩每天吃的面饼磨嗓子，印象中最好的一顿饭是猪油酱油热水泡煎饼。奶奶家有两只羊，奶奶每天都背着筐出去打草。有一天奶奶因高血压晕倒在地里，而那时他们俩就在那块地旁边的土路上滚轮胎玩，毫不知情。

他还写到，有一年春节，他和小弟一早去给长辈们磕头拜年。当时小孩磕头，一般人就给一块、两块钱，五块钱就相当多了，十块钱得是相当亲近的关系或者父母有相当大的面子才会给。那一年他磕了几十个头拿到十几块压岁钱，转头让村里孩子拿一个玻璃球和一个哨子给骗走了。回到家里，奶奶问他压岁钱在哪儿，他编谎话说丢了，奶奶就叫他脱了衣服，跪在桌上。他记得头顶的墙上有块壁镜，壁镜让小弟打碎了，留下几道裂痕。罚跪的时候，他一直瞅着那几道裂痕。没过多久小弟跑回家来，拳头和脸上都挂了彩。小弟从兜里把那笔压岁钱掏出来放在桌上，跪下给奶奶磕头，说快让我哥穿上衣服下来吧。

他在信里拉杂说了两页纸才切入正题。他说，希望小弟参军，为家庭争得荣誉。小弟练过武功、见过世面，进部队立功受奖的机会比他更多。尽管他几次想通过特种兵比武获得提干机会，现实中却总差了些运气。

信寄出后的第三个月，小弟入伍进疆。先在团里的步兵营待了几年，后被调往阿吾斯奇。

二十八号界碑与哈萨克斯坦的边防哨楼毗邻。那一带早先是苏联的地界，齐踝深的草丛里遍布铁丝绊网。车开不进去，人走进去稍不小心也会摔倒。

走过一截铺着碎石子的土路快进到草滩时，指导员招呼大伙停下，各自检查裤腿和袖口是否扎紧。指导员向他解释，草丛里有一种叫草瘪子的虫，专把脑袋钻进人的肉里吸血。只要它的头钻到肉里，除非拿打火机烧，否则弄不出来。

“弄不出来会怎样？”他问。

“哦吼！那一块肉都会烂掉！”二条兵叫道。

指导员拍了一下二条兵：“咬过你吗？”

“咬过我班长啊！”二条兵嚷起来。

二条兵扶着被打歪的头盔，缩着脖子从指导员身边小跑到他斜后方，调换步速慢慢地跟上他。

“报告营长，上回班长带我们来给界碑描红，他真的被咬了。”

见他没反应，二条兵沉下脸，正了正头盔。

“营长，我亲眼看见的，班长小腿那一块都烂了。”

二条兵向他描述，去年小弟带他们从界碑回到连队，正赶上澡堂开放。洗澡时，大家起哄围住二条兵，说要排队给他搓澡，因为他皮肤又嫩又白，摸上去像妹子。大家开玩笑的时候听见小弟骂了一句，说他刚搓掉一只草瘪子。过了半月，小弟腿上被咬到的那一块开始红肿溃烂，到团部卫生队处理了伤口，又打了很多天消炎针才见好。

“正常。”他说，“他身上有各种各样的伤。”

“班长说他在少林寺的时候没有买保险，有病就自己治。”

“更牛的是他把连队的二号马都治好了。”二条兵说，“那匹马他们不会骑，马鞍子绑得太松，骑久了以后把马背颠破了，就有草瘪子钻进去，生了好多蛆。当时卫生队的军医都说这匹马没救了，但是我班长不肯。他打电话去问沈军医，用盐水和强碱给这匹马清洗伤口，又找当时在连队的军医给它缝合。这匹马长伤口的时候特别痒，喜欢撞墙去蹭，我班长怕它把伤口撞开，就搬了一个马扎坐在马厩里看着它。那匹马好了以后不让任何人骑，除了我班长。”

“待会儿去看看那匹二号马吧。”他说。

“班长下山的那天晚上二号马就跑了。有牧民在山里看到过，说它一直在疯跑。”

二条兵说罢从他身旁跑开，冲向界碑下的一块芦苇滩地。

界碑立在紧邻铁丝网的一个小土包上，坡下围着一片比人高的芦苇，地下水汩汩向外冒。

他跟在战士们后边深一脚浅一脚地走。他又听见战士们讲去年在前哨点遇到跑过来躲雨的哈方军人，两边的人都把枪坐在屁股底下，一起吃泡面……各说各的语言，各做各的比画……又说到小弟在前哨点杀鸡，先砍一刀，那只鸡闭上眼不动了，刚把刀一放，那只鸡跳起来就跑。小弟追上去补了一刀，那只鸡还在跑。小弟干脆扔下刀抄起一根棍子去追……

太阳当空,界碑上新描的红色字看起来醒目极了。哈方一辆吉普车从铁丝网另一侧疾驶而过,战士们纷纷看向西北方向,低声讨论那边的暗堡里是否有人正在盯梢。这时有人在旁喊了一句,大家紧张地看过去,一个战士蹲在草丛边,拎起一个东西。

“这有一个快递袋!”战士说。

“哦吼! 有地址吗?”二条兵三两步跳过去。

大伙陆续围上前,捏着那个灰色的塑料袋互相传看,窃窃私语。

他站在界碑前向四周远望,阳光在光滑舒缓的大地上流泻。即将栽种新作物的大片黑土刚刚犁过,有雨水未及冲净的耙痕。他跟指导员打声招呼,转身从来时登上界碑的另一边侧路往下走。

高大的榆树投下阴凉,水声冲掉了野蝇的嗡嗡声。他目送眼前这道铁丝网向前蜿蜒。

晚饭后,通讯员带他去了连队的储藏室。到那儿才发现,小弟平日就把自己的箱包收拾得很利索,根本不需要他再做什么。

小弟的箱子里有罐奶啤,他摸出来打开喝了一口,盘腿坐到地上。周围这么多的箱子里只有小弟的箱子把手断了,用一截尼龙绳和胶带缠了一个替代的。这还是小弟第一年休假,他在火车站外的小铺里买的,让小弟把肩上那只肩带快要磨断的背囊扔掉,行李都收拾到这只皮箱里。这些年,小弟在武校演出赚的钱及在部队发的津贴和工资,大部分都交给了奶奶。让奶奶在老家重修老屋,添置家具。要是奶奶不照小弟的安排做,小弟就大发脾气。奶奶想把钱攒下来让他和小弟趁早成家,小弟总觉得家底太薄,还要等上两三年。

他抬起头，白炽灯管频闪的嗞嗞声令他突然一阵心悸。从去年冬天一直等到此刻才体会到的预兆。几年前，小弟和连队的人在后山给鱼塘架网，远处一道雷电打下来，从铁丝网上传导过来的电流瞬时打飞小弟手中的铁钳。小弟飞奔回连队，求连长把手机发给他。

小弟不停地拨电话，均无法接通。

他已经近三天没吃过饭、合过眼了。为时七天，号称地狱周的国际比武选拔考核到了此时，原先的五十名候选队员只剩六人。他在其中。

小弟打电话找他的前一天下午，他和同伴被带往塔克拉玛干沙漠边缘的一座山谷。引导员将地图、指北针、枪、弹发给他们，告诉他们从此地出发，次日中午将在地图对角线另一端的山口接他们。引导员走后，他打开地图，发现地图中的这条对角线至少对应了现实中七八十公里的山地路程。

从仅容一人侧身通过的谷口进入，走了几分钟后，眼前是一片至少横跨十公里的谷地。这里空气湿润，草木幽深，阳光照射不透。地上有很多动物的爪印。他们进入不久，有人就从一棵倾倒的红柳树下找到了第一批给养。大伙听着从未听过的鸟鸣喝了几罐红牛，嚼着牛肉干向山谷里走。走过两张地图的距离，只花去三个多小时。

凌晨一点半，他们在山脚的一处斜坡上停下休整。坡下有河流冲刷的痕迹。他提议原地休息六个小时，其间六个人分三班哨，两个小时一轮。他和其中一人站第一班，其余的人把雨衣铺在泥滩上，打开睡袋钻进去睡了。

山谷里下起小雨。他把枪塞到衣服里，坐到一块石头上。不多时，雨下大了，他和同伴从背包里掏出脸盆顶在头上，那几个人就躺在泥水里，叫不醒。两小时后换岗，他钻进水淋淋的睡袋，似睡非睡迷糊了两个多小时。突然，他听见一个人大声说，这是什么声音？之后站哨的人大喊，快起来，发洪水了！

他从睡袋里爬出来时，发现距离他们不到两米的低地已变成一道河谷。暴雨倾盆而下，水位还在涨，将他们困在一块面积逐渐缩小的土丘上。

他找出北斗[①]并套进塑料袋，向外发送求救信息，但未得到回应。他们穿着白天的训练短袖，抱着膀子冻得意志全无。他想，如果当时选择在河谷的石头地上睡觉，那早不知道被冲到哪棵树上了。

早晨七点多，雨停云散。空旷地的面积稍稍扩大，却没有平地可走。他们把物资藏在一块岩石下，背上枪开始翻山。山上到处是昨夜洪水的冲沟。让他没想到的是，那座山上去以后紧接着是另一座山，在山头和下一段空旷地带中间还有好几座山要爬。从七点走到下午两点，每个人脚上的陆战靴都磨烂了，才看到停在远处空地上的直升机。

直升机上并没有餐食和饮用水，只堆了几个背囊和投放箱。他们通过机务手中的"北斗"得知，现在几人需集结为一个伞兵渗透队，即将在定位器鸣响时进行无气象资料、无地面标识和无空中引导的三无盲降。

他背上十八公斤重的伞包，戴上头盔，穿好防弹背心，别起手枪，背起单兵战术背囊、步枪、夜间侦察装备。舱门打开，舱室的热气被寒风瞬间扑散，他从高空一千五百米处俯身而下。

不断失去高度的三分钟里，他看到古老的山脉阴面覆盖着白雪，阳面黑如山谷雨夜。大大小小的温泉泉眼腾起白烟。归家的羊群走在沟坎丘壑之上。

落到地面，伞刀撞破了他的下巴。随他第二个出舱的伙伴打不开主伞，中途拉开附伞捡回条命，但摔折了一条腿。

夜里，他安慰小弟时说到那把被击飞的铁钳。那是一个兆头。如果当时

---

① 北斗，手持式北斗定位仪。

他拿起的是那个家伙的伞包,运气未必好。

小弟出事后第三天他接到电话。离他和小弟商量为奶奶立碑的日子只有不到一个月了。在那通电话之前,没有雷电,没有飞出去的铁家伙。

招待室旁的图书室敞着门,屋里有灯。他经过时,看军医正坐在长条桌前翻书。见他走进来,军医起身摘下老花镜向他打招呼。

“营长好啊。”

“沈军医……”他颔首示意。

军医做了个请他落座的手势,之后提着暖水瓶走过来,将桌上一个放了茶叶的纸杯拿到近前,倒上热水。

“下午去巡逻了?”军医问。

“指导员带着去看了看界碑。”他说。

“那个界碑离哈萨克斯坦的哨楼很近,你见他们的人了吗?”

“看见他们的车了,车速飞快,土都扬到我们这边来了。”

军医笑起来。

“今天你也辛苦了,上午还帮他们干活儿。”军医说。

“小事。就是觉得这家人也挺奇怪的,隔了四十多年才来。”他说。

“下午和教导员陪他们在连队里转了转,听这个人讲,他们父母不识字,早些年家庭条件也不好,没坐过车,从老家过不来。他弟弟一家子这回过来也不容易,路上光火车就坐了三天,往阿吾斯奇走的路又刚化过雪,有些地方路都毁了,颠了快四个小时,吐了一路。”

“能找过来是挺不容易的。”他说。

“一晃都半辈子了。”军医说。

他点头。

“三班长的东西都收拾好了？”军医问。

“刚从储藏室上来。”他说，“想着收拾一下，结果也没什么可收拾的。”

“三班长能吃苦、能干活儿。”军医说，“有时候我在这儿坐着，他过来打扫卫生碰见了就聊两句，问看的什么书，书里讲的什么事……有一回说到连长让他当炊事班班长，他说这不就是个芝麻官的差事嘛。”

“当时也给我抱怨过，说不愿意下厨房。”

“我给他讲，毛主席的弟弟毛泽民，当年受兄长之托，也管理过一个学校师生的伙食。民以食为天，有的吃才有的干。战士们训练辛苦，最怕吃不好，全连队的嘴交给他，是觉得他行。”

“我还给他说过，别老觉得自己的出身不好，家在农村，自卑。”军医说，“你们‘殷’这个姓，至少可以追溯到三千多年以前殷商，西安的帝乙路就是以殷微子父亲帝乙的名字命名的。孔子临死前对子贡说自己是殷人，殷人就是黄帝的后人。营长，这么说来是不是很好？”

“很好，”他说，“真的很谢谢您……”

“不用谢，历史书上写的，不是我胡诌的。”军医说，“三班长有一回给我说你要他多看书，看啥书没给他说，他就来问我。我说平时你们训练那么忙，个人时间很少，既然要看就看好书，就推荐了曾国藩的传记和家书，还有大学士苏东坡的传记。曾国藩和他的兄弟连心，仗打得好。苏东坡和他的弟弟苏辙，两个人同朝做官，官做得明白，文章也写得好。有一句话说苏东坡，叫‘上可陪玉皇大帝，下可陪街头乞儿’，眼中的天下人，没有一个不好的。我跟三班长说，不管是当班长，还是以后当排长、连长，对上，关键时刻要能顶上去；对下，紧要关头也要能扛下来，尽心做事。”

“说实话，我都不知道他还在看书。”他说，“平时打电话也只跟我讲讲平常的训练。”

“还有个事你也不知道吧，”军医说，“几年前了，有天中午他来找我，说连续失眠半个月了，很苦恼。我就和他谈心，帮助他分析。问了几个问题以后他就说你别问了，告诉你吧，我偷东西了，但是我又放回去了，谁都不知道。具体什么事就不肯再往下说了。前年他主动又跟我提起这个事，说知道为什么你一定要他参军了。他说以前在少林寺，觉得社会上和他一样的人多。来了部队才觉得和他哥，就是和你一样的人多。”

他回到招待室时已响过熄灯号。外头下雪了。广大空旷的天地间，每一片雪花都标示出风的力道和方向，在窗外，在他眼前连缀而下，蕴藏着沉甸甸的寒光。

小弟七岁那年，村里来人通知说他们家正好占在村里预备施工的道路上，房子要被推倒了。父母动身去县上打工，奶奶将他和小弟接回老屋。

那天村里通街的施工队拿着铁锹在干活儿，推土机在推土。他和小弟还有村里几个小孩围着推土机团团转。这时村主任来了，把他们几个小孩叫过去，说你们别乱跑，我给你们安排个好活儿。村主任让他们在推土机后面捡砖石块子，拾起来往道路两侧扔，并许诺等干完了活儿，给他们发“义务工”的薪酬。他们一听干得十分卖力。傍晚，他们几个去找村主任要钱，村主任从兜里掏出笔来写了个纸条，让他们拿着纸条去大队部，找任何一个人都行。他们拿着纸条去了大队部，找到一个大队部的年轻小伙，当时那小伙是专门扛着摄像机给领导摄像的。他看了一眼纸条，说跟我来吧，就带他们去了大队部的楼道地沟。那里满地的酒瓶子。小伙说，拿吧，能拿多少拿多少。于是每个人手里都拿了好几个。取了酒瓶，他们直奔村里的小卖部。那时一个啤酒瓶可以换一支很好的雪糕，要是换冰糖，可以换一大袋子。他们没舍得把所有酒瓶都换了，就换了五个瓶子。几个小孩商量一下，把剩下的酒瓶藏到了村后的麦垛里。他记得那时和小弟每天一想起来，两人就跑去看看瓶子少没少。看了好几回，还真发现瓶子少了。

一天有个小孩跑来家里，说小弟溜进大队部的楼道地沟捡瓶子，赤着脚踩到一把二齿钩，钩子一下扎透了小弟脚底，流了好些血。他赶到时，小弟已经自己把二齿钩拔出来了。他背起小弟跑到村里的药铺。医生给小弟消毒包扎时，他去对面的小卖铺给小弟赊了一双蓝色的小拖鞋。

那时正是夏天，小弟脚疼，喊着咽不下去煎饼。于是傍晚他带着小弟去钻树林照知了。他把剪下来的废轮胎条、破棉絮和干柴堆在地上，倒上油点燃，过后拿起木头杆子敲打树枝。知了纷纷惊飞出来，见了光扑向火堆，小弟就坐在一旁往塑料袋里捡。两个多小时的工夫，捡了小半袋子。往家走的一路上，知了在袋子里吱吱乱叫，谁碰见了都问袋子里装的是什么。

他背着小弟快走到村口时，看见奶奶在不远处干土方活儿。大队干部用白灰画的线是按家庭人头分的，每个人分几米。要求挖出的沟一人多深，一米多宽，两侧掏成斜坡，再用铁锹修出形来。工地上都各干各的，没有人相互帮忙。男劳力干得快，干完就回家了，剩奶奶还在默默地干。他从沟里走过去，趴在他背上的小弟把袋子提到奶奶面前。

奶奶伸手戳了戳袋子，问这是什么。

他本想大声喊出来。这时突然觉得脖颈后头有点痒，站起来低头一摸，捏出来一只虫。

比瓢虫小，圆圆扁扁的。

“这就是草瘪子吗?”他自言自语。

待车队从浓荫覆盖的崖壁下穿行而过,他眼前连天漫地的帕米尔黑夜,被天顶一轮皓月照亮。墨色山体,铝灰的积雪。少顷,车队再次驶入峰岩夹峙的狭长山道,他眼前仍旧留有刚才一幕的清辉。

那晚在阿吾斯奇的图书室,军医从书柜里拿出一幅字赠他。说知道他要上山来,特意练来写的。

他接过字在桌上展开。写的是:但愿人长久,千里共婵娟。

他对军医说,自己还没成家,这怎么受得起。

军医摇了摇头,说这哪是写给相好的,是苏轼七年没见着苏辙了,苏轼想他的弟弟啊。

科恰里特山下

车刚开出连队，七十五就抽搐起来。军医给他戴上吸氧机，来回检查了一下气体的流动，又命令我和李健给他捏手捏脚，和他大声说话。一刻钟后，七十五第一次停止呼吸。指导员叫黄民停车，军医给七十五做人工呼吸，掐他人中，七十五醒了过来。

车子继续跑。与其说跑，还不如说在跳。从三连通往山下的几十公里山路，顺河而去。路面常被山溪冲断，在每年秋季早早冻成了冰。山路地势高，路面时常急转直下又蜿蜒而上。穿过像快坍塌的峭壁，每一座山头都有大片骆驼刺，落上雪的茎秆看着又粗又密。没有全萎掉的苔草，沾着一点儿青绿色的薄冰。太阳把草叶上的霜晒得发白。

依维柯的过道放不下一个担架。驾驶座后面右边有两排座位，左边有一排座位，只能把担架放在两排座位上担着。依维柯车减震器性能不行，很颠。指导员和军医跪在座椅上扶着担架。我用肩膀扛着担架靠不到座位上的一头，不让担架侧滑。一过五公里的地方，手机信号中断，想和山下联系问120的车到没到柏油路口也没办法。

今早，李健带他们班做“十一”收假后的恢复训练。连队对面新修了一座与吉尔吉斯斯坦的会晤站，李健让他班上的人往会晤站跑，绕过门口的混凝土堆再跑回来。跑过去的时候，七十五第一个到。他们跑回程的时候，指导员问李健谁会第一个到，李健说七十五。刚跑出三四十米，七十五扑倒在地。李健看到了，跳起来喊一个士官去看看七十五。

七十五说这两天晚上烧锅炉没睡好。李健送他回到班里，他拉开被子睡下了。到中午开饭时，七十五已经昏迷，身体发凉。

车还没到二道卡，七十五第二次停止呼吸。头一偏，手从担架边耷拉下去。

指导员再次叫黄民停车。军医趴上去给七十五连做三次人工呼吸。现在的问题不只是蜿蜒狭窄、时有时无的土路以及被冲断结成冰层的打滑路面，更要命的是与以烽火台为界的对面那个世界中断联系时，逐渐流失的信心。

在做第五次人工呼吸时，军医拽了我一把。

“等我喊一二三，第三下一起最大力朝他胸口按下去。”军医说。

我和军医朝七十五胸口全力按下去，七十五身体向上弹起两三厘米，再次恢复了极为微弱的呼吸。指导员贴到七十五脸上去听。

“喘气了。”指导员说。

李健低下头捶了自己脑袋两下，指导员扶他起来时，他干呕了一声。

“没事吧？”军医问他。

指导员给了军医一个眼色，示意他扶稳担架。

“开车。”指导员对黄民说。

我们继续在坑坑洼洼的路面上颠来颠去。依维柯像大地上新长出来的一口棺材。

两个多小时后黄民才把车开过烽火台。一上柏油路，信号恢复，车也跑起来了。团政委的电话打来,告诉指导员,他和救护车就等在哈拉布拉克乡那一排杨树跟前。团里的人都知道那排杨树。那十几棵树排得整齐过了头。

依维柯停在杨树底下。医护人员把七十五放到一张带轮子的担架上,抬上救护车开走了。指导员带着李健上了团政委的车,跟随着救护车。临走前,政委叫我和军医去人武部,那边安排我们吃住一晚,第二天再跟物资车返回连队。

我和军医站在路边。军医盯着涝坝里的杨树叶子,眼睛很久没有动一下。

他用打火机点烟,打了两次火都灭了。他猛吸了口气,把烟扔了,用后脚跟把烟踩进了土里。又站住不动了。

我没有催他。我一点儿也不着急。大概还没有人跟七十五的母亲说这件事。

几年前,我也有过军医这样的时候——对于本职工作,抱着一种很宏大的看法。那时候,全部生活,无论家庭、事业、个人情感,都在正常、积极的轨道上。女儿在我对人生最得心应手的时期出生。第一次见她,她晃着小小的脑袋。圆圆的、无毛的脸上没有微笑。而那一晚,她的脸警觉地绷得紧紧的。我也记得她母亲投向我既讶异又悲哀的目光。少见的、没有描画过的眉毛,承担了她脸上绝大部分无措和虚弱的神情。

“侯哥,现在去人武部吗?”军医问。

“都行。”我说。

“请你喝一口吧。”军医说。

“可以。”我说。

“你等我买个火。”军医说完,转身往路边一个小商店走去。我奇怪他怎么走得那么灵活，刚才看他，好像腿已经断掉了。

军医去的那家小商店旁边的小学，铁门忽然开了。五颜六色的小孩蜂拥而出。有一个穿紫色棉袄的小女孩，走得很慢，边看边舔自己手里的苹果，像是决意要把苹果全舔了才下口咬它。她的皮肤不白。那时候四连指导员说京京随我，皮肤黑，我给那狗屄骂了一顿。他说我有孩子了也给你开玩笑不就行了。去年他有了孩子，有段时间每天抱在怀里，听我们聊他孩子时严肃得要死。我们说："你捏着拳头干吗？说你孩子不好就要打人吗？"

我是家里的独子。父母这一辈从湖南过来的知青，有不少在体制里终老。他们照自己的方式运作家庭，尽量跟随时代不掉队。前些年股市还可以的时候，我母亲也赶上了一点儿运气，给我成家打下了基础。他们的不安全感很强，怕积累的一点点财产忽然蒸发，怕……那时我找易敏谈恋爱，他们很高兴。易敏是长沙人，跟她小姨在阿克苏开干果店，还往长沙批发。战友羡慕我，说你多明智，早找好了退路。说这些话的人，因此比我更有上进心，挖空心思调职、搞副业，他们想攒更多的人脉和钱，认为有钱就能从任何乱局中抽身。

今年春天，易敏和我回父母家吃饭。席间说到如果我不离开部队，就先分居。易敏走后，母亲去刷碗。我和父亲坐在客厅沙发上，父亲抽着烟。我去够茶几上的火，也想点一根。刚拿上，被父亲一脚踢掉了。

我喜欢易敏，她说话的声调，她穿每件衣服所表现出的故意和本地女人十分不同的姿态，喜欢别的男人看见她在我身边时露出的眼神。但这两年她越来越焦虑。我的调职停滞不前。结婚时那个年纪持有的完美履历，已开始逐渐失去给她带来希望的价值感。我能感到她注意力的分散，无论白天夜晚，她的热情都更像前两年用剩下的。更重要的，她不想再带京京在阿克苏生活。

京京该上小学了，应该去教育环境更好的地方念书，为出国做准备，到时我们在国外再生一个。她姑妈在佛罗里达州。她希望我转业，先把出国的铺底资金赚出来。

目所能及，社会上掀起了创业和房产的热潮，大家除了谈钱还是谈钱。而我除了在部队每天按要求做好分内事，还有什么额外的才干和本领？也想象不到京京去国外以后会长成什么样子，还有在国外出生的孩子如何长大。作为父亲，我没有把握让孩子尊重和依赖，也不相信自己能先于孩子喜欢那里。

去年元宵节，我陪易敏从长沙去宁波看她姑妈。在高铁站安检口，易敏抱着京京，看着我被带到一旁，两位安保人员过来对我进行再一轮检查。我说明身份，找出证件给他们。他们接过证件，对比端详我的身份证，再将证件还给我，示意我可以离开。直到列车开动，易敏才开口说话。她说到了宁波想先带京京去医院体检，每天进出超市、银行、商场、饭店这些地方的安检门，辐射会怎样影响孩子的身体？我当然明白，她并非在说体检这件事本身。以前我们还能用不相互威胁的口气谈这件事的时候，我说过很多。讲这是整个世界都在面对的两难局面，一个欧洲和半个亚洲都被胁迫。尽管我也知道，只有不在这里生活的人才会这样谈论它的境况。易敏说，人活着为当下，而不是为了活进历史课本。

我父母支持易敏的想法。他们核算了房产折合人民币有多少，去珠海看望了当地的朋友，商量搭伴养老的事宜。父亲参加过一位朋友的葬礼，在环南路教堂。在那之后，他每个周末都过去礼拜。我和他聊天，提及过去读书时他给我写信，那时他谈理想，讲信念，在我疲乏和焦躁时给我心智的指引。而现在，就仿佛他可以放下一些之前的担子。父亲讲，他只是被那场葬礼打动了。教友们从教堂陪同家人到360省道边的公墓。下葬时，每人上前撒一把土，献一枝花，之后填土立碑。没有哭闹和吃喝。他希望自己的老年和离世也能简洁、朴素和不动声色。他说，这和易敏追求不背思想包袱的生活一样，并非是不体面的可耻的。父亲说："希望你能代表我和你母亲回到湖南，或者去国外。"

下午的阳光照耀黑色柏油路和学校新架起的高高的钢质拒马。一切都那么平淡无奇。不论是天山百货门前或成都街熙熙攘攘的人群，还是少见的高楼后面凋敝的小巷，都在力证自己毫无危险性。现在，这里大概是整个国家治安最为良好的地方，秩序和巨额援建资金都力图帮我们重建信心。房价看涨，基础设施不断完善，"一带一路"的利好消息不断传入。一部分本地人身处其间，逐渐产生备受重视的自豪感。同时，时间紧迫，这一切都发生得很快。让另一部分人心怀焦虑，孤立无助。网络新闻和街头议论左右他们的心情，让他们一会儿从沮丧冲上乐观的巅峰，转瞬又跌回谷底。

我的为人，我的生活方式，多少年来，在这个地方具备了自己脆弱的形态。这种脆弱与无能和持有何种学历、办事能力无关。我有自己的老师、同事和朋友，有常去的集市和饭馆，怎么会不习以为常？与此同时，当我开车经过多浪河边的凤凰广场，穿进没有半点儿装饰的小路，路旁一排九五年建的楼房正在被拆除。我知道，过去的生活也已被新的洪流全部冲走，不可能为我重现。

军医要了一瓶伊力柔雅，就着一份大盘羊肚，我俩一杯一杯地喝。他手机搁在一边，边喝边刷微信。他说李参写了首诗，配了巡逻路上一张雪景。

军医锁了屏幕，抬起头来。

"他们说李参离婚，是因为那个不行了。"他说。

"怎么不行了？"

“太久没用，再用不好使了。”他说。

“放屁。”

“真的。”

“那么多人结婚之前从来没用过。”我说。

“家里新买的水龙头，刚用是挺好的，但用了一段时间不用了，再用不就锈住了吗？”他说。

我俩干了一杯。

“李参明天也上山吗？”他问。

“不知道，晚上你问问，走的话接上他。”我说。

“好。”军医说。

“指导员说李参办好手续了。”军医说。我嗯了一声。我们举杯又碰了一下。军医把杯子搁在桌上，盯着杯里的酒，动了动身子。

“喝不动了？”我问他。

他摇头，还是定定地看着杯子。“能喝。”他说。

“喝急了。”他说，“缓缓。”

他拿起筷子，夹起一块羊肚放进嘴里，很慢地咀嚼。等咽下去，他端起酒说：“侯哥，敬你。我女朋友说，给你朋友打电话了，下周过去实习。”

“好。”我说，“我俩碰杯。”

“你俩还好着呢？”我问。

他喉咙里发出来一点“嗯”的声音，可能代表任何意思。

李参在山上十七年，辗转三个连队。工资在全团干部中仅次于政委。每年九月下山探家。结婚十来年，生了一个男孩，今年十一岁。年初，他妻子要求离婚。李参说，考虑到孩子还小，能不能再等两年，孩子考上大学再离。他妻子强调，必须今年。

李参办完手续从陕西老家回来那晚，我和宣保股股长去阿克苏接的他。回到房子，李参把他母亲做的馍和辣菜蒸上，点上烟，三根五根地抽。李参除了抽烟，没什么爱好。他话少，牌也打得不好。婚后，他的工资保障卡放在妻子手上，妻子按月给他转五百块烟钱。这回离婚，李参没有把卡要回来。过了一个夏天，李参才向团里提出补办新的工资保障卡。

他以往探家，还会按照部队作息时间起床，收拾屋子做好早餐再叫醒妻儿。妻子要买车，他就买车。坐上车，妻子让他滚下去，他就下车步行回家。他知道妻子已开始怀着嫌恶的心情回避他，但他还在吃力地考虑应该说什么、做什么，分散她的注意力。只差三年就"上岸了"，偏在这时一无所有。

看着军医，难免想到他费力争取的婚姻会不会过十几年也是一场终日针对对方的讽刺挖苦。上山之前的周末晚上，参谋长给我打电话，说他在百味鱼庄安排了一桌饭，给我饯行。等人到齐了，桌前落座。参谋长开局，说这顿饭有三层意思：首先，团组干股的郭昕干事马上调广州军区，即将大展宏图，我们要庆祝；其次，军区总医院骨科来阿克苏代职的苏主任马上到县医院就任，对她表示欢迎；再有就是侯副参谋长即将上山代职，离开战友们一段时间，为他饯行。

百味鱼庄是乌什县以前给县委食堂做菜的厨师开的，招牌是一鱼多吃，一条鱼烤半条煮半条。我们团里的饭大多也有点这个意思，一饭多请。参谋长说要吃饭的时候，就知道那顿饭不是专为我准备的。但没想到郭昕的调动真的办成了，他马上就不是九团的人了，也不再是新疆人。对于他的去向，我既不感到愤恨，也不觉得嫉妒。调广州、调正营，这完全是他的风格。之所以有些不快，是因为他老四处说，再在这种地方待下去，就是对自己对家属的不负责任。同为入疆第二代的他挑明了对我们的看不上。他早已脱离现状，做好打算，吃饭时十分兴奋。我为他这样离开却无半点酸楚而感到心态陡然一变。开始反省到底自己的内心和头脑受到了怎样的桎梏，才使得无法再跨出一步？我们的家庭都是从那个起点开始的，但年纪更轻的他已遥遥走在了我的前面，马上可以心平气和地谈论自己的通达之道了。

那天晚上，参谋长在军总的苏主任面前十分活跃。郭昕大讲参谋长娶到了阿克苏最好看的女人，妻子能歌善舞。参谋长则向苏主任聊起，说他当时靠一首《黑走马》的舞步赢得了当时还是地委副秘书长的老丈人的青睐。平时他去儿子的中学打篮球，必定引起轰动，他一个对五个。苏主任说她的爱人是搞网络技术的，不爱运动，搞得儿子现在对什么球都不感兴趣。参谋长说他不喜欢在房子里待着，每年要跑几十趟边防连队，各个点位的哪块石头动一下他都能看出来。每次回家，妻子会叨叨他，水龙头坏啦，灯泡不亮啦。他说这就很奇怪，在办公室里怎么从来没有这些事？他只好一样一样去修理，烦了就对妻子说，银行卡给你，你别糟蹋我了，糟蹋钱去吧。

参谋长家在市里第一师供销大楼后面的小区。团里家在阿克苏的干部，通常会想办法每个月下两趟阿克苏。但参谋长周末从不回家，白天待在办公室，晚上吃完饭还会回到办公室。团里没人见过他的妻子和小孩来过院子。在座的，除了苏主任都知道事实，他也知道我们知道。不过他说得逼真，有几秒钟，我们怀疑是不是自己没有恰好撞见这个家庭含情脉脉的时刻。或者只是意识不到，我们和参谋长一样，都需要一点儿这个。我们在桌前配合参谋长，无人面露嘲讽。他是那样的一种领导：你可以开他的玩笑，他也能叫你笑不出来。只有一个人，宣保股股长李西林，好像被感染得过分了。他突然站起来给苏主任夹菜，说："我爱人也在医院上班，她是急诊护士，儿童医院的。"

参谋长听完愣住了。李西林离婚一年多了，团里没人不知道。李西林站起来，一手扶住椅背，一只手挥出去指向我。他说，老侯，老侯今年差一点儿离了，有家有口的都敬他一个。

确实。我拿回了离婚申请，易敏带京京再次回到阿克苏，我们重新回到一家人的状态。然而只有我们知道这是如何实现的。桌边这些人，也像是为了表示同情，才从椅子上冒出来并坐在这里的。像李参，心里过不去的时候就去弄勺盐放手心里舔舔。真想这时手心里能有一撮盐。我还想跳起来摁倒李西林，给他揍哭。

军医叫老板娘把羊肚拿去热一下，他又跑去柜台拿来一瓶托木尔峰。

“这个酒好，比喝小老窖舒服。”军医说。

“是。”我点头。

“下次整几瓶寄回家去。”军医说。

“你去他们酒厂买，找门口的大姐，说我叫你找她的，她能给你便宜些。”我说。

“可以单瓶买还是必须拿一箱?”军医问。

“只能一箱箱拿，一箱六瓶。”我说。

“那可以。”军医说。

“你和我嫂子怎么样了？他们说你把报告又拿回去了。”军医说。

“对，拿回来了。”我说。

“不离了?”他又问。

我点着头干了一杯。

“去看看七十五吧。”我把酒杯倒扣在桌上，站起身来。

军医抬起头看我。“我不去了。”他说。

“喝多了?”我问他。

“不是,怕见了难受。”军医说。

“要不一起过去,我在外头等你。”他又说。

我俩拿起外套。

病床前,李健在给七十五揉腿。

看见我,李健起身让座。

“侯参,坐。”李健说。

“你吃饭了吗?”我问他。

“他们给我买饭去了,政委刚走,你们碰见了吗?”李健说。

“没有,我爬楼上来的。”我说。

七十五戴着吸氧机,只有口鼻罩住了。我却觉得他整个人都塞在一个大泡沫里。他眨着眼睛看我。

“他好多了。”李健说。

七十五也尽力点了下头。

“别动。”我说。

七十五向我眨了两下眼睛。

一位年轻的护士推着护理车走进来。她握住七十五的手,跟他说话。

“听得到我说话吗? 听到就眨眨眼睛。”她说。

七十五眨了眨眼睛。

“好着呢,好孩子。”护士用不太流利的普通话说。然后她动手从护理车上准备输液的器具。

“你今年多大，就叫他孩子?”李健把左腿搭在右腿上，兴致很高地看着她。

“你管我多大干吗?”护士说。

李健朝她笑了笑。

“那你先说他为啥叫七十五。”护士又说。

“他爸七十五岁有的他。”李健说。

“我才不信!”护士叫起来。

七十五的脑袋偏过来看着护士。伸出大拇指，晃了两下。

“他老子可能耐了，他妈还不到五十岁呢。”李健说。

护士笑起来。李健凑上去问她几点下班，她说得等到明天早晨。

护士推着护理车出去时，指导员和黄民拎着餐盒走进来。

“军医在楼下抽烟。”指导员说，“我们让他上来，他不来。”

“你们晚上睡哪?”我问。

黄民指了指门口。

“外面有椅子。”他说。

“要是七十五一直躺着不刮胡子，会不会长到脖子下边?”黄民在李健对面坐下，摸起自己的下巴。

今年夏天，给在长沙的易敏打电话，说我同意和她离婚。挂上电话，我进小龙坎点了个小火锅，叫了两瓶常温的乌苏。端着洗洁精喷壶，在一旁收拾桌子的是个岁数不大不小的女人。我忽然觉得她很美。她的姿态，她身体里尚存不多的青春气息，都让我想到易敏。易敏这些年，给了她能给我的最好的一切。可当她提出要另一种生活，我拿不出任何可改变现状的行动。说话也没用。如果我说抱一下就能抱得到吗？说句都会好的就会好吗？我从没在愚昧、平庸和愚蠢的事上消磨自己的生命。理想也从没半点虚假。到这时，却貌似只有那不变的、时常舔盐的生活，才是最看得见、摸得着的部分。

春朝雪舞沁人心，半谷遥闻百雉鸣。苦守寒山还几岁，陪君度日了余情。

再过个几年，就叫上写这首诗的人去哈拉布拉克乡那排整齐过了头的杨树后边买几亩地，盖个土房子。自己打粮食，自己酿酒喝。砌堵院墙，养上退役的军犬、军马。

养犬，我就要四连的格蕾特。格蕾特一岁半时从北京昌平军犬基地到了四连。不到半年，连队的人都看出来格蕾特抑郁了。它还想着回北京，拒不接纳山风的气味和响声。从不和其他军犬废话，只跟一条牧民家的细狗来往。它们有时在连队一整天形影不离。但细狗太瘦小了，一来就被连队正在放风的军犬欺负。之前我和参谋长在山上，听说细狗的屁股被咬掉一半。参谋长把细狗抱到哨楼上的暖气旁边，啰唆他怎么看着细狗长大的。格蕾特伏在一侧盯着细狗，细狗前一晚咬死了一只跑哨楼上来蹭食吃的狐狸。格蕾特肯定愿意老了来和我住。它一下就能嗅出我、它还有细狗共有的气息。

那晚我想尽快上山一趟找格蕾特，听听它的吠叫。但过后我被团里留下来督建新的招待所。

一天下午，易敏打电话来，让我马上订机票赶回去。她在电话那边说了几句就开始哭，话语不清，是京京的事。两天后我从阿克苏飞到乌鲁木齐，转机再飞长沙，凌晨抵家。

易敏说，中午京京的幼儿园园长打电话给她，让她马上过去。京京在幼儿园把一个女孩推进厕所的蹲便器，摁下了水阀。老师说，京京反感任何人对她的碰触和抚摸，这个女孩之前摸了京京的头发。还有不只一个同学，因为做游戏时抱住京京或拉她的手，被京京推倒。易敏说，老师认为京京目前的表现是感觉统合失调，在儿童医院给出诊疗意见之前的这段时间，京京不适合回幼儿园上课。

易敏抱着京京从屋里出来。京京躲在男孩气的短发里的脸，警觉地绷得紧紧的。易敏投向我既讶异又悲哀的目光。少见的、没有描画过的眉毛，承担了她脸上绝大部分无措和虚弱的神情。

我伸出手从易敏怀里接过京京。她扭过脸问我："爸爸，你捉了几只老鼠？"

我们带京京到儿童医院，在门诊楼下转了一圈，没有进去挂号便离开了。我们不愿京京在五岁的年纪，就在不打针吃药的问话中意识到自己可能是一个特殊病人，从此满心恐惧。我们需要时间找出京京这些表现背后的原因，并已经依据新闻和个人经验开始艰难地猜测。但先默认的，最希望如其所是的，是我和易敏对各自的强调，环境的辗转，让京京难以辨认那些抚触动作背后的善意。我们无法再漠然相对，无法假装能再展开各自新的生活。孤立无援，唯有彼此。

我们带京京回到阿克苏，决心先牢牢相伴。在我即将上山代职之前，易敏搬来团部家属院。在科恰里特山上的每一晚，我们仨都在视频中见面。我在连队荣誉室里将笑声一再压低，同时也知道等李参回到山上，无论身处连队哪个位置，都能听见来自另一个家庭运转时亲密的声音。

此时，我和军医躺在人武部的招待室。军医在旁鼾声正响。我想叫醒军医，告诉他，我和我的妻子，就是在准备分道扬镳之前，才真正认出了彼此往后的模样。但我一个字也不能提，不管我说什么，都像把失而复得的一部分又交了出去。

我会跟军医讲,等明天接上李参,可以问问他晚上怎么入睡的。军医也许会马上反问,李参怎么睡觉的?两年前,连队进科恰里特山巡逻。大雪阻路,进点位必须骑行。排长带一行六人过冰河时冰面破裂,排长的马打滑侧摔,排长跌进冰窟,顺水而下。随行的人下马去追。透过冰层他们看见排长仰起的脸,却无法抓住他。排长手机信号不好,以前老让李参上“为你读诗”的公众号下载朗读音频。两人边听边抽烟。自从他出事,李参每晚都会戴上迷彩作训帽睡觉。李参说排长没成家,也许就没回南京的老家,还在这里逛荡。他不希望排长在夜晚的梦里叫醒他,这不文明。

如果不是他,掉下去的会不会是自己?如果掉下冰窟的是自己,有谁会追出去那样的一段距离?科恰里特山下的人都想过这个。对我来说,这些已称不上是值得多想的事。

近　况

走出茶歇帐篷之前，泻药就起作用了。屋外，怒阳照群山。半空中有几朵白色的降落伞，大，软，稀稀落落，直直地落下来。两点钟方向的山坡上，对空指挥员对着高音喇叭大喊：面向中心点！调整，赶快调整！

我朝旱厕走过去，看见科长蹲在里面，露出上半截身子，扶着眼镜往天上看。十多秒后，一个巨大的白色降落伞罩住了科长，旱厕四周蒙着黑纱网的半圈栅栏也看不见了。

"里面的人！把伞托起来不要搞脏了——"

"不要拽——裤子没穿上——"

"操——我OPPO[1]掉下去了——"

"下去捞——"

山坡上的人、科长和刚从天上掉下来的人一齐叫喊。来这三个月，科长从没提过让我参加跳伞训练，这是我第一次触摸真实的降落伞。我真他妈的幸运。

五个月前，我调离原单位来到这，从连部住进了十个人一屋的野战帐篷。随连长岗位失去的，还有每月八百块钱的岗位津贴、一天三顿的好饭。我们每天在帐篷外端着饭盆打完菜，一等就地坐下，就有人开始大骂，朝坐在另一个

---

① OPPO，手机品牌名。

方向的炊事班对嘴型骂娘。

不只伙食差,这里也缺水。干部轮流带领水车去就近的边防连队、矿泉水厂拉水。每周五排队上水车洗澡,每人十分钟。这周五因为做心理测评方案延误了洗澡时间,我爬上水车的时候,连最后一拨人撒的尿都干了。

这会看科长手抄在裤子口袋走出来指挥收伞。我想也许领导力与洗没洗澡有关系,如果我现在四肢洁净,底裤没有黏在屁股上,我的气场也会看着稳定许多。

收完伞,打发跳伞队员、陆地指挥和科长离开旱厕。我已经没了之前的肠道反应,就掉头往回走,去指挥帐篷里看会儿教案。科长安排我下午给他们上课,讲心理战。

刚来报到时,领导说既然你本科学的心理学专业,就先来搞心理。我很难想象有人能在军中以此立足,但还是认真备了课。我准备告诉他们心理战就如同他们今早的跳伞,我也看不太明白。科长要我讲一下战场应激,我没法和科长说,辅导员我和他们一样怕死,怕子弹打进腹股沟。怕父母还不知道我来了新单位,就被叫过来领抚恤金。

初中升高中那年,父亲犹豫是否从股市里拿三万块择校费出来,送我去一中念书。他对我母亲说,如果我是那块料,边插秧也能边考状元,如果不是,钱花了也白花。我觉得正是他的这种小市民意识,让我没有考上舰艇学院。

高中时,我对父亲说假如我进了班级前五,你给我买一块Swatch[①]手表,父

---

① Swatch,手表品牌名,中文译为斯沃琪。

亲说可以。成绩出来的暑假,我找父亲落实这件事。我们一起去了万达商场,柜台前,我看中一块五百五十块的手表,父亲相中一块折后卖四百五十五块的。最终他说服柜姐,劝我买下了那块便宜了不到一百块的手表。我从没戴过那块表。等工作后第一个月工资到账,我买了一块颂拓的触控心率手表。这块表我现在做爱的时候也不会摘下来。父亲在买Swatch手表这件事上的表现,让我在高考填报志愿时,选择了实惠省钱的国防生。毕业时,学员队长暗示只要给一笔钱,就把我分配到离家近一点的地方。我拖了几天,想该怎么和父亲开口,最终,没有开口。这会儿,我像一个吃草的货,成天在山里移来移去,找不到做事的意义。这些连带我思想的危机、贫瘠都是我父亲节省的产物。

他在二十年工作时间里换了六个部门,在本不该退休的时候内退回家,蹲在杂物间里炒股、看基金。他死守过去的一点积蓄,抗拒一切不动产投资。我很恐惧在某个岁数,忽然变成他那样,甚至比他还“他”。每回想到他,就想起家里坏了四年没修的浴霸。

他隔一两个星期给我打个电话。每次和他那种自以为洞悉局势的人聊天我就生气,好像掌握了点街头谣言就自以为了不起。

母亲在堂弟家的工厂上班,给小孩玩的智能狗安装眼睛。下班回家吃过饭就出去打麻将。最近每回给她打电话,她都在牌桌上。她总说,哎,正要给你打电话。

也许他们从来没想过我是他们唯一的儿子,仅有的儿子。我父亲只会抬起那张方脸,抱着家里有十个孩子的乐观心态。我母亲随时询问我,转背就又忘记我。他们从不设想要是哪天我突然死了怎么办,这种父母根本没有预料和承担未知风险的能力,他们只会事到临头突然崩溃。

前天夜里的会议持续到半夜两点。附近距离我们不到两公里的边检站有人闹事，两人受轻伤。会上我不断走神。妈的都走了这么远，干吗不再多走两公里？后来想想，他们未必知道这儿还有人。

想到在荒地里的消磨，那些讲荣誉信念的会议上，一群人接受精神与指示时兴奋而疲乏的模样，我就觉得痛苦。但在这戈壁环境构成的简单生活里，我同时也感觉到单纯的快乐与满足。

有时候觉得城里那些与自己同岁的小子们，不是没胆就是没脑，只能在父辈安排得当的职业小天地里实现成就。而我早已甩开自己父母那不值一提的影响力，通过坚忍克己的生活，获得了能在某天失去平静和秩序的世界中活下来的本事。有时候又认为不能这么说，他们的生活中亦有奋斗与艰辛，像我堂弟，二十四岁就要了孩子。可能我们才是逃避的人，他们是勇者。

前阵子这里的风很凌厉，忽大忽小，阳光微弱，时有时无。太阳时不时出来会儿，在我们暖和过来之前就又不见了。最近两天却气温陡变，不是刺激神经的冷就是毫无预兆的热。

中午刚想躺下睡会儿，科长打电话来叫我去一趟营房帐篷。

我进去时，薛排长正躺在科长旁边的行军床上，被一床棉被从脚裹到脖子。在白被罩的映衬下，我觉得他该刮胡子了。科长坐在那儿，看见我进来站起身。

“来，你坐这儿看着他。我要去大队长的帐篷。”科长说。

“不用人陪。”薛排长说。

“你老实点。”科长拿起文件袋往帐篷外走。

“他喝酒了，不要跟其他人说，等我回来。”科长对我说完就走出去了。

我拉了把椅子坐下来。

“嗯。我喝多了。”薛排长说。

他把没有塞满被芯的被罩的一角拉出来,轻轻盖在自己脸上。

“你这样玩过吗?”他在被罩下面说。

“没有。”我说。

“可以试试看。”

“你哪儿弄的酒?”我问他。

“老乡自己酿了带过来的。我就尝了两口,科长发飙了。”

“哦。”

“你老家哪儿的?”他问。

“无锡。”我说。

“我去过无锡……城市很干净。那里有很多日企,有些日本人在当地找了媳妇,这些媳妇聚在一起,开了几家日料餐厅。你去吃过吗?”

“没有。”我说。

“我吃过,很不错。”

“你喜欢在被子里说话吗?能听得很清楚。”他在被罩下面说。

“你不舒服吗?”

他在被罩底下摇头。过会儿他把被罩从脸上拿开,眼睛眨巴眨巴地看着我。

“今天早上。”薛排长说,“我很紧张。昨晚我做梦,梦见我的伞绳坏了,拉不开。今天早上我请假说不跳了,但是科长怕我过两天考核出问题。结果你看,差一点儿被屎淹死。”

“你又没真掉坑里。”我说。

“这次死不了,还有下次。”

“你是连长了。”他从被罩底下露出一只眼睛,“你还来这里干吗?你应该天天躺在被罩里,玩被罩。”

“我不喜欢被罩。”我回答。

“那你喜欢什么?”

“下午上课,你起得来吗?”

“不去。”他将被罩一把扯过头顶。

“我好好研究研究这个被罩。这个被罩太好了,在底下看人也可以看得很清楚。”

过了一两分钟,他在被罩底下发出匀称的轻鼾声。我感觉像坐在一个伤员边上。

如果在一次行动中我也受伤了怎么办?

再过两年,也许科技已发展到有能力保留我的尊严。要是胳膊没了,可以接受肌体的赛博格化,购买功能齐全的仿生型机械手臂,还可以在手上充电、插优盘、加热食品。但我抚摸和拥抱过的女人呢?我无法再享受她的肌肉在我指腹下的弹性。无法自然地进入她身体的逻辑和情绪。我也不想乞讨。死缠烂打和靠炫耀残疾搞道德绑架不是一回事。

一段时间,我也花时间在一个女人身上。我不停索求,逼她屈服于我的低姿态、默许我的手试探边界。但抱住她的那一刻,我没有犹疑与困惑。之前的日子一下索然无味。转而相信也许人尽义务也能幸福。

临走前一晚。关上房间的灯,她穿着一件纱裙走到落地窗前。我看了一眼,跟她商量可不可以把这条裙子脱了。她很惊讶,动嘴争辩。

“因为你太年轻了。”我说。

要是她年纪大了，也许需要披一件什么挑逗我。但现在我只要看她一眼，就有做不完的欲望。穿这些反而碍事。

夜里她背对着我熟睡。肩头结实而突出。没有衣物包裹的身体，有着清新感。颈后的发丝越过她的背而在我脸前波动。发丝之下的皮肤，仿佛被我磨得细薄。脊背展开，像刚掰开的面包瓤。我从她身体这一侧伸出手臂，将她揽到脸前。她在梦中忽然绷紧身子，随后逐渐松弛下来。她的头发在皮肤上升的热度中发出淡淡的汗味。

那一刻我自知对她有了一种并非精细的、轻柔的牵挂，而是要把自己楔入她身体的决心。尤其想到往后的日子将如何彻夜地躺在碎石块上的单兵帐篷里，慢慢瘦出老年人的瘦。

在这种地方不能去想那些。可它来的时候，我的脑袋像长在别人脖子上，它想怎么样就可以怎么样。在用某种办法把它压下去之前，没有什么可以缓解的。在白天工作的节骨眼上，它烦得我恶心，到了晚上，它又是我唯一所求。我想那怨气的双乳、丰饶的臀部。想到嘴发干，说话都困难。我知道她不会长时间属于我，别的男人会乘虚而入。当我想到她以后要跟别的男人睡在一起，那人将在那个位置上盯着她的后背和脖颈，我就想捏爆那个杂种的头。

备课这两天，我没什么耐心。电话里她一天天的言语温顺，语气中已然没有这个年纪和长相的姑娘应有的傲慢。我能感觉她哭过了。我希望她走。

伊蒙学士[①]跟琼恩[②]解释，为什么守夜人誓言里要说不娶妻、不生子，因为在情感面前，责任不堪一击。确实，当你晚上因为想谁睡不着，第二天起来就

① 美国电视剧《权力的游戏》中的角色。

② 美国电视剧《权力的游戏》中的角色。

会觉得握不紧自己的手。

我也有点想喝口酒钻被罩的时候，科长回来了。

科长问他咋样了，我说睡着了。

“你出来一下。”科长说。

科长那张长脸是紫红色的，眼睛很小，嘴唇噘着。说出的每句话都是他想要说的。他很不喜欢和老婆及四岁的儿子分开。在没法和儿子视频的时间里，他总有点恼火的迹象，刻意拿人的弱点开玩笑。他们带病生活，自己早就注意不到了。

“下午有人给你打电话吗？”科长问。

“不知道，我没开机。”

“下午你不用上课了。”科长说。

“琼塔什边防连的排长魏宁，你知道。”科长说，“前天中午两点左右外出，不见了。”

“不见了？”

“找不到人了。”他说。

“之前他给连队说要去哪儿吗？”

“侦察拍照。他是一个人去的，出事的时候没人看见。”科长说。

有几秒钟，一个牧民老乡从科长右侧肩膀方向一点点冒出来，他的牛也出现了。那头粉红鼻子的牛最近老过来吃草，我前天骑着它拍了照发给魏宁。他说这是你骑过的最好看的哺乳动物。我看着老乡和牛走上缓坡。阳光下的六月正午，科长说的听起来不像是真的。这种天气的日子，会有什么人忽然不见了吗？

可以想象此时的边防一四二团。一些人开始动用理性，上千次地尝试弄清这件事。还有一些人在对每个人的责任配比做出微调，用一种不偏不倚的口气落实到纸面，讲述众人可以接受的真实，以预防每一个看到文件的人精神世界里更大规模的混乱无序。

每个边防连队都在建立后的漫长日月中产生了自己的症状，自己的奇葩。琼塔什，或者说整个一四二团的症状就是孤独。我们早已从先期的连队人际关系模式中解脱出来，建立了新的模式。我们不相信也不愿建立亲密感，也不指望互相之间产生多少有趣的交流。我们大都希望自己某天像离开时那样完整地回去。通过每天触摸手机屏幕，尽量多地保存来自离开的那个世界的一切。这一点给主官工作带来了很大的问题。同时有负面影响，尽管不少人对连队工作竭尽热忱，时常精疲力竭，看起来却傲慢冷漠，不讨山下的领导喜欢。

当我听说有一个南京政治学院的研究生不肯在团里待着，非要下连队时，我认定没谁会和这个人有太多废话。

魏宁到连队后两个多月的一天，来连部找我要教育材料。我拉开抽屉，又一把推进去。

“书，连长。”魏宁说。

“什么书？”

“《佛罗伦萨的女巫》。”

“狗屁！那是我的笔记本。”

“是拉什迪的《佛罗伦萨的女巫》。”魏宁说。

“放狗屁！”我说。

“连长……”

“滚。”

那晚，我收到魏宁一条内容很长的手机信息。大意是说他为今天的莽撞道歉，既然连长说那是笔记本，那就是，他信了。

那晚我带哨。我在他宿舍门口站了会儿，还是进去把他叫起来帮我提手电。那晚他加了我微信，给我发的第一条内容是转发腾讯文化的公众号文章。

那天我带魏宁进山里找马，他给我讲了来琼塔什前的生活。

魏宁的父母亲是吉林延边的朝鲜族人，二十世纪八十年代初，父亲为了他母亲，和家庭决裂，带着他母亲私奔到北京。魏宁初中时，父亲在四环路边开了一家海鲜酒楼。魏宁的父亲拒绝儿子接手生意，而是逼他考军校，希望他日后在部队有份稳定工作。

“我考研不是因为成绩好，纯粹是为了不想去上班。学校就够没意思了，上班肯定更没意思。”魏宁说。

魏宁告诉我，他父亲也有自己的道理。自从他们家做酒楼生意以后，他父亲让魏宁母亲监督后厨，每回包厢敬酒，都是自己端着杯子过去。在魏宁大一那年，父亲被查出肝硬化失代偿期，次年复查，肝部出现占位，疑似肝癌。魏宁的父亲想卖掉酒楼，魏宁的母亲劝他，要是卖掉酒楼，这些跟了他们五六年的员工很难再找着合适的工作。魏宁这时说想退学回家打理生意。魏宁的父亲坚持不肯，他说当年做生意只是为了家人生计。这些年个中牵涉的压力，他不愿孩子承受。

研究生毕业前一年，父亲频繁安排魏宁相亲，他希望魏宁与其中一位订婚，工作一年后完婚。相亲半年后，魏宁告诉父亲，他准备和目前的相亲对象订婚。寒假，父亲在酒楼准备了九桌订婚酒席。

订婚那天两家的亲友到了八十多位。在其中一张桌上坐着一个带孩子的年轻女人,魏宁爱上了她。即将到来的婚姻在成立之前,就被它的构建者从心理上甩开了。

魏宁向母亲提出解除婚约的想法后,母亲在周末早晨给他打电话,说在学校门口等他。中午吃饭时,母亲跟魏宁讲起那时她和魏宁的父亲不得不从家乡出来,是因为魏宁父亲的家人不接纳她曾有过一段短暂的婚姻。在魏宁初中时,魏宁的父亲从朋友那儿买了一辆二手车。魏宁的母亲随口问了一句,为什么买一辆二手车呢?魏宁的父亲以为这句话的意思是轻蔑,反问她,你不也是二手的吗?

母亲怕他虽然嘴上说不在意她的婚史和孩子,实则内心充满敌意。这种敌意在日子不顺遂时,很容易生恨。魏宁告诉我说。

那天,魏宁和母亲商量由他向对方提出解除婚约,父亲这边则由母亲做工作。至于下一场订婚宴安排在什么时间,对象是谁,母亲希望魏宁一年后再做决定。

山上,我和魏宁一前一后地走着。太阳银白如胶体,乌云正在翻越山脊上最后一道光线。让人想到若是没有风,就会听到地球在它轴上转着。身侧河谷里冰面破裂,大块漂在水域里嘎吱嘎吱打着旋。西边坚硬的高地倚着低矮的苍穹,像倾斜的巨浪。"你为什么来部队?"魏宁问。我想不起之前给别人说的解释是什么,我只记得如何惶恐地指挥着几十个人笔直地站着。夜里拎着手电站在门前听睡梦中的呻吟。解决完噬心的欲望后,汗在胳肢窝里变冷,顺着肋骨滑下来。

我跟魏宁说,我几乎每个晚上都做噩梦。二十五岁当连长这件事曾给过我三秒钟的虚荣,之后是彻底的惶恐。我害怕失恋的人在夜里站哨时想不开,担心有人在训练跑步时仰面倒下。夜里有时会梦见自己受贿继而是出逃、追捕的梦魇反复出现。团组干股股长拿二连的指导员教训我,说人家知道领导爱吃野味,每回领导上去之前,就进山弄一只回来。边防连长要学会搞农家乐。

我不能博取谁的欢心,且并不以此为耻。

除了怕出岔子和纰漏,我还反感养猪种菜。边防连队相比军队,更像七频道军事与农业科学的示范基地。我想脱身,但我们这些人,除了当兵还能做什么? 就像那些坡上的羊,每天啃着石缝里那一点儿草。南山有比这好得多的草场,可它们走不过去。

半年后,我在家休假时接到团组干股股长的电话,他说有个调动的名额,问去不去。我没有犹豫,回答,去。

我从琼塔什带走的除了背囊用具,还有魏宁给的一顶帐篷。这顶帐篷可以看见外面,外面看不见里面。

晚饭我没出去,薛排长端了饭盆进来搁在桌上。他拉了把椅子坐下来。

"你不饿吗?"他说。

我躺着没动。

"今天有水洗澡,去吗?"

我跳下床,端起脸盆跟他走出帐篷。

排队等洗澡的时候,有人给我让位置。

兜里电话响了,我放下脸盆,朝水车灯光覆盖不到的暗处走过去。

"喂。"

"连长,是我。"她说。

"我知道。"我说。

说话的这个女人是军区文网中心的记者，去年她到一四二团采风，团政委把她送到了琼塔什。当时我们在准备考核，每天拆枪、擦枪、跑步训练，她来了完全是负担。她到的第一天晚上，指导员在招待室备了几个小菜，叫了三个士官来陪，熄灯后我们坐下来喝汉斯小木屋。指导员问她要采访什么，她说想找人聊聊日常生活，大家轻松座谈。指导员说，谈可以，轻松不了，大家最近挺辛苦。说完没话了。我们的身份控制个性的体量，而琼塔什的海拔和偏僻难行的路况，更让这里的人行知木讷。

第二天，她跟指导员去点位巡逻，我在连队看家。午休时刚想把指导员下载的《釜山行》看了，就接到女友电话，说她逛淘宝看中一枚戒指，让我买给她。我先是开口答应了，聊了会别的，又忽然想起戒指的事。我告诉她，这个戒指我不能买，她可以选一件同等价位的其他礼物，但不可以是戒指。她平时很明白话语之间的进退，那天却反复逼问。终于以提问的方式跟进。

“你是不是没想过跟我结婚？”

“想过。”我说。

“什么时候？”

“我不知道。”

“那就是没想过。”她说。

“真想过。我害怕。”

我知道她会向我说这句话的出发点的反方向去考虑。认为我害怕承担责任，玩心没收，不想过早被一个女人绑定，诸如此类。我也不愿去纠正她。我不能跟她讲，指导员的老婆要离婚，还要带走三岁的小孩。军医每个月给他女朋友三千块零花钱，相处一年还是分开了。军医半夜发朋友圈：无人与我立黄昏，无人问我粥可温。无人与我捻熄灯，无人共我书半生。

看见魏宁在底下回复了两句：明朝红日还东起，流水难消壮士心。军医又把刚发的朋友圈删掉了。我知道，偌大的一四二团总有过得下去的家庭，可我没把握自己有那个运气。去年元旦，指导员妻子上山来看他，她自己掏了一千块在山底下包个“黑车”。她下山的时候，我去找矿上协调了一辆材料车。看着嫂子往后座钻，缩在几大包装土方的烂袋子旁边，心里发酸。今年，指导员和妻子连架也懒得吵了，无话可说，直到对方提出分开。这些人难免让我自我联想。我知道她不是她们，同时也证明不了她不会成为她们。我也搞不清楚是掌控婚姻这件事超出了我们的能力，还是我们的工作和精神状况就不适合结婚。还有我的父母，我没有把握她可以接受一个迟迟不更换浴霸灯的家庭。

那是我们第一次触及这个问题，双方都没准备。话说得不体面，语调也滑稽。晚上，我给那个记者去送开水壶。她请我坐下聊会儿，我就真的一屁股坐下了。第二天早晨五点半，我才从她房间离开。临走时我对她说，请你写写和你说的这些人的事，哪怕就提一下，几行字，证明这种生活是有意义的。

她回去后不久发来一篇小说，请我看完提修改意见。那篇小说的主人公有点点像我，比如他小时候想吃泡泡糖，父亲不肯给他买，他就攒了三毛钱，从他表姐那里买了一块她刚刚嚼过的。这件事就是我那晚说给她的。但她写的文章里没有我要找的东西。她的文章就好像在说，喏，下雪了，这有什么意义吗？

这时，她在电话那边告诉我，军区安排她转业。我问她现在什么感觉，她说挺好的。父母和孩子都在武汉老家，她可以回家尽义务了。

她在连队之后的两天，都是魏宁在陪她四处转。我想告诉她，此刻和她分担这件事的重量。也就是想单单问她，如果神让一个人摔了一跤，是为了教会他站起来，那么让他不见了，是为了什么？

我挂断电话，发觉已走到无人的暗夜。我转过身看到人声鼎沸的水车，灰暗矮小、毫无气势的帐篷和梯形巨岩，惊讶于在这片历史上斗争过剩的土地上，这些简陋蛮横的景观怎会孕育出我们力求理性的生活？

看着扑闪脆弱的灯光，想起我们背井离乡孤注一掷，日日苦练，不是为了求死，也不是为了获得一张脑门上发亮的夜视镜下，被疲倦和忧虑侵袭的年轻的脸。我又试图回想，在过去的日子里，到底是我在哪一刻做的哪件事，把我带到了这块高地。是我父亲不肯掏择校费的那一刻，还是我下定决心当国防生，队长的提议不了了之的那一刻？是我出塔斯塔拉塔，过克斯尔卡拉时铁列克提达坂的粗雪抽在我脸上的那一刻，还是我在那天的会上，渴望亲眼见识我的敌人，由此标明我们在此地生、死之意义的那一刻？

被海水劈开的小山跪着，山风巨大的耳语从断崖传送出。我很想给组干股的同志打个电话，让他们看手机上魏宁最近的一条朋友圈。能写出"君不见玉门亦有春风度，昆仑直下阅大江。黄沙且做瑶池液，我与天地饮一觞"的人不可能逃跑。如果他此时已走入另一个良夜，这座山，从此往后你的名字就叫魏宁。我把帐篷扎在这里，看守着你，使你免受武器和任何暴力的侵扰。当某天我须离开此地，到时可以对你说，那该打的仗我已经打过，当跑的路我已经跑尽，你我所信的我已经守住。

有一回领导要上山检查，我们怕连队的一匹军马乱跑，就把它关进马圈，每天喂苞米。那天外面下起大雨，那匹马伸出脑袋去舔水洼里的雨水。等饲养员发现情况不对报告时，这匹马已经腹胀如鼓，四条腿抻得直直的。它咽气后，我拿刀划开它的肚皮，花了半小时放空它肚子里的气。第二天，指导员率全连为军马举行火葬仪式。他念了一篇发言稿，讲述这匹军马不同寻常、光荣奉献的一生。念毕，全体敬礼，魏宁上前点火。我们站在一旁，看着火焰围裹住柴堆和马匹。过几分钟，我在后面戳魏宁的腰，说这味道真香。

等我在离水车将近一公里的地方逛够了，寒冷的夜风将我赶了回去。水车今夜的工作已经完成，我还得多臭两天。

科长在指挥帐篷中白天薛排长躺过的那张床上伸展着手脚，像跳伞摔断了脊梁，眼袋更深了。我进去时，他用夹着烟的那只手向我摆了摆。

河　流

深夜，他贴在门上，敲门喊我名字。“我知道你在家。”他说，“我进去说两句，就两句话。”

我从门边退回床上。

那天上午，我到走廊尽头的办公室，把文件交给正在敲门的那个人。他翻阅文件，点明措辞不当处，提了更妥帖的字眼以备更换。纸页上端，他眉头不痛快地并向一起，手指甲在字下画出印子。

傍晚在食堂，我端着饭盘找没人坐的桌子。同事站起来，在角落的小桌后面招呼我过去。桌上有个不认识的女人。一个小女孩在她膝前蹭来蹭去，嘴角沾着绿色糖渍。

“你对我没印象吧？”那女人扶正了脸上的金丝框眼镜，用熟人的语气问我。

“不好意思。”我回答她。

“我们都知道你。”她拉起同事的手，笑得亲切，“咱这没有不认识她的，对吧？”继而回过头，盯住我的脸说，“不少小伙子惦记你呢。”

同事向我做了介绍，我与那女人微笑示好。之后我动了筷子，她们俩滔滔不绝地说起话来，谁家要上了小孩，谁家流产了。

原来这是他的妻子。我低下头，拣出菜叶里的花椒粒。她都知道了吗？

不可能。我们之间并没有什么。

某样东西喷到了我腿上，我低下头。小女孩蹲在桌子底下，一只往外冒水的气球被她攥在手里。她注意到我，赶紧掰开母亲的膝盖，挤进胯间。气球被丢在地上，软软地抽动，向外吐水。

女人说她在山西运城的联通公司上班，端午节带孩子过来，听说分区调来一个姑娘，很多人给她牵线做媒。

各科室的领导，干事、参谋的爱人，将我的讯息编成短信，发给不同年龄和身份的人。正式上班不到五个月，有男人打电话来，说愿意娶我。在食堂吃饭，常在对桌的手机里，翻看不同男人脱下军装、神色迥异的照片。不留姓名的人把特产存放在值班室，请我去取。因为不是每个介绍人都像孙参谋的爱人，会把对方姓名、出生年月、身高、工作、年收入、婚恋史、房产情况制作成Excel表格。时间一长，我时常理不清他们的细节，会闹张冠李戴的笑话。但我将这些看成办公室人情交往的外围余波，尽量严谨以待。有人以为我是北京人，其实我家在河北。这两年，母亲常转发微信圈里北京会扩都至高碑店的消息。电话里，她嘱咐我模棱两可地介绍家庭和父母工作，说家在北京也未尝不可。

这女人说，她有一个表侄在团里二连当指导员，二十六岁，样貌端正，孝顺、有才干，一直找不到合适的对象，家里担心拖下去更难找。她想撮合我们。

“我就是在你这么大岁数结的婚。”她说，“结婚之前，就在公公家看了几张照片，俩人打了一年的电话才见上面。”他们的女儿捏起餐盘里吃剩的米粒放在嘴边，瞪着我，使劲对它们吹气，接着回过身，踮脚拉住母亲的耳轮向内折，好像不想让她听到某件事。

见到他妻子那刻，我大脑中竟全找不见一丝和他越轨的确切信息。频繁的通话与适当的见面之间，他没有讲过一句能抓得住的谎话。

敲门声停了。我闭上眼，脑子里他的脸跟那个孩子的一样，带有了妻子的部分轮廓，提醒着他的出处。

几天之后，我和同事还有他的妻子再次坐到一张桌前。我接过她的手机，看她侄儿的照片。喀纳斯湖的观鱼台前，一张娃娃脸被墨镜遮去一半，臂膀和迷彩背心里露出的前胸在反光。我的手指再向后滑，他的脸出现在指腹下端，头戴纸王冠，在插着3、5两支数字蜡烛的蛋糕前，搂着女儿爽朗大笑。

我递回手机，说下个星期要去连队办事，会见到这位指导员，我愿意和他多聊聊。她接过手机，神色惊喜。

“您女儿呢？”我问她，“今天没过来吃饭？”

“她爸爸带她吃饭去了，退伍的战友打了只红嘴雁。”她说。

车子在开往扎玛纳什的路上激起黄土和碎石，百米外的尘雾中，看见连队大门外路边立着人影。

车子刚停稳，肖指导员小跑过来开车门，与我握手，说：“欢迎欢迎，您来我们连，是我们连的喜事。”说完动手去摘我肩上的背包。本人比照片黑得多。

我跳下车，说：“您脸色这么难看，还说是喜事。”

他笑了一声，连连点头，说：“喜事喜事，您的光临让我们连蓬荜生辉。”

他差人将我的背包送回连部，带我绕着营房溜达。哨楼底下，我摸出兜里的软雪莲递给他。他惊奇地看着我：“您抽烟吗？”

“给你拿的。”我说。

他拆开烟盒，拿出一根夹在指间。俩人一摸兜，都没带火。

他低下头望着泥巴地里的一只脚印，捏着那根烟搓揉。“听我姑说，您在首都念的大学，在人民大会堂听过报告呢。”

“是的。”我说，“就一次。”

“我姑嘱咐我多向您学习。”他说。

他跟我打听他两个同年兵最近在团里忙什么，我把知道的讲给他听。他聆听的表情让我想起大学时在学术报告厅，抬头就能看见抢坐在第一排的学生凝视老师的眼神。

他说前天宣保科科长给他打电话，要派人来连队收集文章，他知道我会过来，可闹不清到底要什么样的文章。

“北京一家部队杂志打电话到分区约稿。”我说，“问机关和连队有没有人在写东西，小说、散文、报告文学什么都行，他们杂志可以集中发表。”

他听了很惊讶：“写这些东西，领导也给算成绩吗？”

“领导让弄的，应该算吧。”

“不会是诈我们，看我们是不是在底下搞小动作吧？”

我看了他一眼，发现他没在开玩笑。

“不知道。”我说。

“其他连队给您稿子了吗？”他问。

“还没有。”我说。

“哦……那我们连队没人搞这些。”

“最近我们在修靶场，每天还有训练任务……没人有工夫搞这些。”他补充说。

“还是问问吧。”我说。

他点着头，将拿烟的手插进口袋。抽出手来时，烟跟着滑出来掉到地上。他想去捡，弯腰时没站住，一脚踩在烟上。他挪开脚，捡起那根烟揣回口袋。

“我感觉这是个挺好的机会啊。”他说，“您怎么不写一篇？”

“最近几个会的材料还没写完。”我说。

“我能提供一些事迹和素材。”他还在积极地建议，“多写一点文字发表，领导很重视版面的。”

我听着，陡然把头调转到与他相反的方向。

送我到接待室门口，肖指导员回了连部。我推门进去，发觉根本睁不开眼睛。强光堆满了房间。客厅像一间化学实验室。茶几上摆着四个骨碟，盛满切成方块的哈密瓜、西瓜，还有一串无核白和几根乳黄瓜。保鲜膜粘在盘沿儿上。

办公桌上摆着两瓶撕去标签的赭黄色果汁，一沓没印抬头的格子稿纸，两支留出一厘米铅芯的手削铅笔，一块新橡皮。里屋，白色被褥绷在双人大床上。

我转回客厅拉上窗帘，穿着鞋躺进沙发。嘴里又酸又涩，想吃点什么压压胃，也只是想了想。

门开了条缝，肖指导员侧进来半个身子。“余干事，您看还需要点什么？”我坐起来，说什么也不缺了，请他进来坐。

我跟他说，去了那么多连队，头一回像住进宾馆。

“肯定比宾馆干净。”他说，“前几天听我姑说您要来，那里头房间的地板，我都没让通讯员弄，我自己去打了桶水，先拿钢丝球蘸着洗洁精擦，再用干净拖把拖了两遍。床上铺的盖的，我也让通讯员倒了消毒液洗的。”

我看着他笑起来。他在我的笑声中不明就里地摊了下手，并起双腿。

“别紧张。”我说。

“您来我不紧张。”他说，“以前有大领导来，都得提前打听好人家叫啥，床单被罩缝上名字，不管住几天，怎么洗怎么晒，谁的就是谁的。”他吸了下鼻子，背挺得像草耙子杆，又说，“可惜领导不怎么来我们连。”

我问他找到写东西的人没有，他说等会儿吃饭集合的时候问问。

“您再休息会儿，开饭了我来叫您。”他说着，轻手轻脚地搬开座椅，走出屋子。

进饭堂时，肖指导员紧跟在后。说他刚才问了，确实没有战士在写这些，问我怎么办，要不然他组织战士下午在会议室集合，现场写。可是最近修靶场的任务特别重，连长每天带着他们从早干到晚，怕赶不上交工检查的时间。而且……

“那就算了。”我说。

“等您午休起来，我带您去村民家里坐坐吧，尝尝烤羊肉。现在草长得好，羊也肥……”

“下午请几个人来座谈，聊聊天吧。”我说。

“聊天?”他把脸对准我，好像嗅到了一个敌人。

“聊聊大家的生活。”我说，“也算是收集素材。”

“您打算亲自动笔吗?”他兴奋地搓起手，“我一定全力保障。”

我们在靠窗的饭桌前坐下来。桌上摆了十盘炒菜，三碟面食。

他指着一种象棋似的小麦色油饼，说这是为了欢迎我，特意让炊事员做的沙棘油泥饼，做糕点的面饼铛还是他从老家背过来的。他一边说，一边把他近前的荤菜换到我跟前。

吃到一半，连长来了。迷彩服上全是土。一手端着饭盒盖子，一手拿着馒头，一脚跨进长条凳。饭盒盖子上盛着青色的剁辣椒，拌了酱油醋。我看着他坐下，问能不能吃点儿他的辣子。连长拨走我面前的冬菇鸡，饭盒盖子往前一推。“吃吧！”连长说。

肖指导员放下筷子望着我，说：“这些菜不好吃吗？没有您爱吃的？”

“挺好的。”我说。

“太对不起了。”他说，“我应该先问您想吃什么，要不叫他们再多切几根辣子来……”

“吃吃吃，想吃什么吃什么。”连长在一堆盘子上挥挥筷子，他被连长的胳膊肘捣得一晃，一根筷子掉到地上。

连长腾出拿馒头的手，从机要参谋手里抽出一根筷子给他。

他接过筷子放下，站起来问我：“您还要饭吗？”

机要参谋把剩下的一根筷子敲在他手上，说：“要饭也是你去啊！”

午休时，我在连部门前敲了半天，没人来开。走廊对面的门嘭地被推开，一个士官穿着秋裤，满头乱发，从屋里跳出来，说：“你去二楼吧，他在值班室。”

隔着值班室门上的透气玻璃，他背对我趴在桌上睡熟了。两手环抱肩膀，下巴枕在胳膊上，后背鼓起来又塌下去。这是一个皮肉紧张、精神疲沓的背影。

下午，肖指导员照我说的，叫了三个士官和三个战士到会议室和我座谈。桌椅上方喷洒了过量的栀子花味的空气清新剂。我向在长桌对面的几个人说，待会儿就是闲聊，聊什么都可以。我刚说完，他插话进来补充，介绍说我是分区机关的干事，这回来征稿的同时，了解下各个连队的精神面貌，希望大家能多说说身边的好人好事。

“就是让我们夸你呗。”一个三期士官拿大拇指揉着眼睛说。

“我希望能让余干事看到咱们闪光的一面。”他说。

大家坐在那里你推我我推你地笑,我叫那个笑声最大的士官先说两句。他撸起袖子东看西看,一只手遮着下巴扑哧扑哧地笑。突然坐他旁边的一个战士跳起来去掰他的嘴,大声说:“余干事,你看他的牙! 快看!”

几个人爆发了极大的笑声,那个士官挣脱了双手捂住嘴,佝偻着背骂娘。

过会儿他松开两手,搓了把脸,说:“既然余干事都看见了,那就讲一讲,我这两颗门牙是怎么搞坏的吧。”

他说自己以前是军犬饲养员,养的犬退役了,就改行去当连队的马倌。有一天,他们骑马巡逻。他的马走在路上,被身后的拖拉机惊到了,于是掉转方向,朝前边一座山头冲过去。他手里的缰绳一下甩了出去,人也跟着飞出去,在空中旋转了几圈摔回地上。那匹马紧擦着崖壁冲过去,要是当时他还在马上,脑袋就给掀掉了。连长跑过去扶他起来,发现他嘴里有血,问他有没有事。他刚一张嘴,摔断的门牙就掉了出来。

豁牙说着,肖指导员拖起脚边的热水瓶走过来,往我满着的杯子里加水。接着绕到会议桌当头,又拉开椅子坐了下来。

“放开说,继续当我不存在。”他说。

“可我们能看见你啊。”豁牙说。

“没事的。”他抄起胳膊望着我。

豁牙闭嘴不说了。很长时间,屋内没有声音。肖指导员咳嗽了几次,动了动背,说:“那就我来讲一讲,我每次登上哨楼的感觉吧。”

“我跟他们不一样。”他说,“每回上哨楼,我都有那种风飘飘而吹衣的感觉,站到那里来了一阵风,还是从西伯利亚吹来的风,心里就想大吼,登高而舒啸，像古人那样的，用诗歌抒情，把对祖国、对边防的感情，一股脑儿地表达出来。”

大家笑笑，头埋着，默不作声地玩指甲。电台台长捏着自己的双下巴，漫不经心，咔吧咔吧搓响指。

我跟他们解释，说我们现在不是搞调查，也不是采集新闻，就是想大家坐在一起，聊些平日里的生活。

“红红，你说。”电台台长指着一个长得像天津泥人的男孩说，“他是我们连队的小人才，会修锅炉、维修电站，牧民的摩托车坏了都来找他，他最能吹了。”

“红红！”豁牙叫喊着抓住红红的手臂举起来，“快！说说为什么叫你红红。”

大家哄然大笑。

“为什么叫你红红？”我问他。

“因为我脸上这两块高原红。”红红指了指脸颊，“青海好多人都这样，又不只有我！”红红叫起来。

“小时候被电打了！”一个人说。

“红红，你以前学维修的吗？”我问。

“不是。”红红说。

“入伍之前你是做什么的？”我问他。

“我能说我以前的事吗？”红红看了一眼肖指导员。

“说吧，好好说！”肖指导员对红红竖起大拇指。

“我在家的时候，刚开始是上学。后来感觉上学一天天的，上课下课无聊得很。我就跟我妈说，给我弄几只羊，我放羊去。我妈不给，还要我去上学。我们家离学校七八公里，我每天就骑单车跑去别的地方玩。我妈知道以后去找我，说给我一百只羊，让我放羊去。当时为了让我上初中，我爸妈把羊都卖了，这次听我说想放羊，又买回来了。我们那里，山上一家一家的，隔得很远。我爸妈不放心，每天陪着我去放羊。我放了两天羊，感觉放羊也很没意思。”

红红停住嘴，问是不是太没意思了。他们都起哄，说有意思，要他快说。

红红又看了一眼肖指导员，肖指导员说：“你继续说。”

“听人家说，大城市有意思。”红红接着讲，“我就跟我妈说，把羊卖了吧，我不放羊了，我要去打工。我爸亲弟兄多，有十一个。我第一次打工就去的是我一个叔叔那里，他包了财经学院的食堂。在食堂干了两个月，学校放假了。正好我姐夫在开面馆，就叫我过去学拉面。”

红红讲他刚到面馆时，每天帮面匠拉个面、前台收个钱，日子很悠闲。过了两个月，他姐夫就把面馆扔给了他，自己在外面玩。他又要收钱，又要管理店里的服务员，忙得腿肚子发胀。有天晚上，一个人来吃面，等得久了点，就开始骂人，摔了筷子筒说要砸店。

面匠师傅跑出来，把那人拖到后厨，俩人从店里打到店外大街上。红红赶紧跑到街道派出所报警，警察说知道了，让他回去等着。红红跑回去等了几分钟，才想起打电话给姐夫。姐夫说他马上给认识的警察打电话，告诉红红不要着慌，会摆平的。挂上电话不久，就在面匠刚把那人打得爬不起来时，过来一个警察了解情况，之后两边各说了几句，把打架、围观的人打发散了。

那件事以后，红红还是在面馆干活，姐夫还是开着广汽本田SUV在外头浪荡。姐夫说，现在一条街的人都知道咱的面匠很能打，不会有人再来惹事。有一天，一个女孩来店里，跟红红说想找个活干。红红看她长得挺白，声音也好听，就问了姐夫，把她留下了。过了一个星期，她和面匠搞起了对象。

听到这里，豁牙扑哧扑哧地笑，说红红不如面匠下手快。坐他旁边的一个士官让他快捂住嘴，别漏风吹跑了红红。

“有一天，”红红说，“我们店里另一个女孩去网吧送面，回来的时候跟我说，看见网吧门口贴了一个寻人启事，找的就是这个和面匠好的女孩。我问她看错了没有，她就带我去看。我看了，真的是她。可是我不知道该不该打上面留的电话……”

“你不知道这是人命关天的大事吗？”肖指导员说。

“那指导员，我还说不说了？”红红问。

“说……快说……”他们催着红红赶紧讲。

肖指导员朝红红点点头。

“让人想不到的是，就在那天晚上，那个女孩的父母到我们店来吃饭。”红红说，“那女孩的父母手里拿着一张纸，我不知道那就是寻人启事。正好那个女孩端着面出来，碰上了。一下子，全家人哭得稀里哗啦的，哭了差不多一个小时吧，她父母就开始感谢我们，给我们买了好多东西，我们都没要。我感觉挺对不起这个女孩的，给人家找了份工作，就是让人家洗碗。这个女孩当时跟着父母走了。没过两天，她父母又追回来，把我们的面匠打了一顿，然后把面匠也带走了。从那以后，姐夫叫我去拉面，每天七点半起床，拉到晚上。我这辈子都不想碰面粉了。还有一些来吃饭的客人，坐下就开始骂社会。他们每天坐在那里瞎说，特别没意思。”

“哎！”豁牙叫起来，“他们把面匠带去哪儿啦？”

“他们逼他娶了那个女孩。”红红说，“刚结婚的时候，面匠还来店里找我们玩，说那个女孩脑子有毛病，为了打架的时候抠他，故意留了很长的指甲。后来，有个同学来找我，要我回去跟他发财，我就回老家了。”

肖指导员咳了一声。红红停下来。

“余干事，”肖指导员说，“他们说的这些没有用吧？要不让红红说说连队建设，讲一讲他们怎么帮牧民救火的？”

“我马上就要说为什么我会来当兵了。”红红认真地掰着手指头。

“那你快点说。”肖指导员对红红挥了下手。

红红说：“我们那个县，很多人是靠矿石吃饭的。你们记不记得早期国产的那种车？死沉死沉，敞篷的那个。这车在我们县最多了，基本上三四家就有一辆。那个车皮实耐用，一般开这种车的人，就是偷捡矿石的。”

红红讲，头一回偷捡矿石，他才十八岁。跟着同学去爬四千多米高的山，爬头一个坡，途中就休息了十几次。翻过山，他们进了一个已经废弃的矿偷捡矿石。前两次，红红拿着大米袋子装矿石，到山下一共卖了五千多块钱。打工四五年了，这是头一回挣那么多钱。后来，红红听人劝说，换了更大的路边卖两块钱一个的尿素袋子。他也不在废矿上挖了，转去有保安值班的地方挖。红红同学觉得不保险，没有跟过去，剩下红红和几个三十多岁的人继续做这事。

有天晚上，红红他们去了一个矿，每人装了一袋子矿石背在身上，爬山的时候，手跟脚同时在土里刨。其中一个人说，山上有个临时派出所，他们有枪，而且最近比较活跃。说话的时候，他们都没发觉，矿里的保安已经看见他们，报告了派出所。他们刚爬上山头，山底下就有手电筒照上来，听见有人喊了一声“不要跑！”。他们马上扔掉袋子，撒开腿往前跑，只有红红舍不得扔掉袋子，落在了队尾。

红红语速快起来。

“警察对天开了一枪，说不要跑。”红红说，“我还在跑，他们又开了一枪。我吓得跑不动了，赶快趴进一条沟里。我那些哥以为我中枪了，不跑了。警察以为打中了，也不喊了。等了好久好久，我感觉大家都熬不住了，都想走了，就听见山坡上下来了人，是我两个哥。他们一看我没死，还背着袋子，就骂我，把袋子扯下来，拽起我跑了。”

“你以后再也不敢做这种事了吧？”肖指导员说。

“那一次之后，”红红说，“我想找个稳定工作。我跟家里一说，我爸就送我来当了兵。当兵以后，印象最深的是，有一次牧民说看到有挖虫草的准备越境，连长就带我们骑着马赶过去。那些人看到我们就开始跑，我们在后头追，叫他们不要跑，不然开枪了。我在马背上追着追着，竟然哭了。咋说呢……吓了我一跳。”

“吓哭了啊？！”豁牙嚷起来，“你哭个毛线！”

“不是吓的。”红红眨着眼睛安静下来。

“余干事，”肖指导员叫我，“红红是我们连很能干的兵，他还小，不知道什么时候说什么话，他说的你别写。”

“可以写！”豁牙说，“红红愿意出名呢！”

红红脸红了，跟豁牙说：“你别老叫我说，你怎么不说，你干吗来当兵？”

豁牙说：“老子做事不喜欢解释。”

其余几个人都怂恿他说。

“老子不想说。”他说。

“那讲讲你的感情，恋爱什么的吧。”我说。

“你想听爱情故事吗？”豁牙问。

“你的恋爱和你来当兵有关系吗？”肖指导员问。

豁牙困惑地摇摇头说：“我不知道，可能有关系吧。”

“而且我也不晓得那算不算什么，那个什么……”豁牙搔了搔后脑勺，声调清晰起来。

豁牙说:“当年我大学刚毕业,没有正式工作,晚上去舞厅表演,白天教几个学生跳舞。有次喝了酒和一拨人干起来了,一个人拿着碎酒瓶子朝我冲过来,是我一个学生替我挡了,一个十九岁的女孩子,割伤了腿。伤好了以后,腿瘸了,我给她送过钱,她不要……”

“然后你就娶了她?”肖指导员问。

“没娶。”

“这就完了?”电台台长问他。

“有另外一个女的,我是想说她。”豁牙说。

他说有天晚上,在舞厅演完节目,他准备骑摩托回家,一个驻唱的女的叫住他,要搭他的车回去。他让她上了车。摩托车开到女人家楼下,那女的喊他上楼坐一会儿,那天他困了,就没上去。过了好多天,有两个警察来找他,问他最后见到那个唱歌的女的是什么时候。

“我知道,肯定出事了。”豁牙说,“我就问警察那女的怎么了,警察告诉我,说这女的被人捅了十六刀,扔进了河里。根据死亡时间,推测我是最后一个见到被害人的人。我一下就急了,跟他们说,我没杀人,我是好人。

“有一个警察就说,你要是好人,为什么去年改了名字?其实警察早就开始查我了。他们去家里找我,我爸过世好多年了,只有我后妈在家,她不知道我改名字了,就跟警察说不认识这个人。然后警察问她我人品怎么样,她说还可以,就是喜欢打架。这下我解释不清了,我说,改名字和杀人有什么关系呢?可是警察觉得有。我后妈也觉得我很奇怪,为什么要改名字,改了还不告诉她!这些事情,真的不好解释。

“后来警察总算破案了,是那个女的老公,在外头找了个小的,想要跟她离婚,她不肯,那个小的就过来把她杀了。那个唱歌的女的老家不在这边,什么亲戚都联系不上，警察就说，既然她是你朋友，你去把尸体领走吧。

“那天他们把我从派出所放出来，我心情特别好，坐着我朋友的摩托车去医院，一路上，我们俩还在唱歌、骂娘。到了太平间，一个人拉开柜子让我们去看，认一下是不是本人。我过去看了一眼，跟医生说，不对，你们搞错了，这不是我朋友。医生要我过去再看一眼，看仔细一点儿，我就又过去看了一眼。

“不是，我跟医生说，真的不是。我朋友很漂亮的，白白的，头发长长的，身材很好，你看看这里这个人，光头，皮肤很黑，很壮，还穿了一件皮夹克。

“那个医生说，哎，你看清楚一点儿，这不是皮夹克，是缝伤口的线，她被推到水里泡了两天，肯定不会是原来的大小啊，头发呢，解剖的时候剃掉了。”

豁牙讲，这个女人以前带他去一个酒店跑场子，为企业周年庆跳舞热场。上台之前，豁牙去厕所，出来时被酒店两个保安架到了保卫室。屋里站着四个男人，掏出证件给他看，全是警察。

警察要豁牙交代学法轮功几年了，豁牙说真冤枉，我不信那个。一个警察指指豁牙脖子上的挂件，说，既然不信它，为什么戴一条这样的东西？豁牙低头一看，脖子上挂了一串佛珠项链，项链上有一个佛印吊坠，刻斜溜了，跟法轮功的标志很像。豁牙说，这是我朋友送的，佛祖保平安的，真不是别的什么。

“当时，我跟他们在那里解释。”豁牙说，“那个唱歌的女的就去找人，找到人武部一个什么官出面保了我。她一直跟警察说我老实、人品好，讲了好多我自己都不知道的优点。”

豁牙处在一个外人无可了解的内心图式中。神色异常温柔。

“虽然，”豁牙说，“我说了半天，发现说的和余干事的要求不沾边，和我当兵也没关系。我就是喜欢部队，说要干啥就干啥。老子真的烦啰唆。”说完，豁牙噼啪噼啪地狂拍了一通桌子。

“指导员，您也给我们讲个故事吧。”红红捧着腮帮说。

“我没有故事。”他嘟囔道。捏着手里的笔帽，一下一下地戳着摊开的记录本。

身侧，水泥色的雾霭卷成柱状体，从山腰上翻滚而下，压在山洼里一排木头屋子的屋顶上。强风摇撼门窗。大家兴奋起来，说豁牙刚才一顿乱喷，老天爷要来收他了。大家乱说乱笑，爬到窗台上去关窗户、摆座椅，收走桌上的茶杯。走廊上，有人哐哐哐地敲脸盆，怒吼着“你点燃了爷爷的激情！”。

大伙儿在肖指导员旁边来来回回走动，他坐在那里，神态索然。我站起来，端着深褐色的茶水从他身边走过。

回到接待室，坐下脱了鞋。肖指导员在屋外敲门，问能不能进来。我蹬上鞋子，去给他开门。

他走进来，连连说着抱歉，下午没聊出什么有价值的，又说刚才和连长商量了，晚上或者明天再找几个人来座谈，他会提前跟他们讲清要求，一定比今天收获大。他说今天下午这些兵，有的岁数太小，没经验，有的快复员回家了，油了，说了很多不该说的。

“他们说得挺好。”我说。

“好吗？”他反问。

过会儿他忽然点头：“哦，我知道您要什么了。”

“你要写一篇和别人不一样的。”他说。

他讲去年冬天，中央电视台一位记者带队来连队拍短片，打算放到春节晚会上播。他们去了执勤点，拍一个班的战士巡逻。当时他骑马带队，后头跟着七名战士，在雪地里来回骑行，骑过去一趟，记者说不行，再骑回来，还是不行。

他就问记者，说您给个要求吧，我们应该怎么走。记者就笑，只说还走得不够好。等再走一趟的时候，一个战士的马蹄忽然滑了一下，幸亏他拉紧缰绳拽住了。这时记者就在旁边大叫：“好！这条不错，快再来一遍！”

“当时就明白过来了。”肖指导员说，“我叫他们往路边上不好走的地方靠一点，再走的时候，前头一个战士的马突然踩到一个雪窝子，马的两条前腿一下跪到地上，战士从马上摔下来，掉到雪里滚了两圈。那个记者就说：‘太好了！这条可以了！’”

“您觉得普通的故事不够吸引人，对吧？”肖指导员看着我。

他盯着地板摇了摇头说：“聊这一下午，我感觉没有任何收获。”

我把头靠在椅背上，看他的脚一下一下地踢着桌子下头的横档。

“牙齿缺了的那个士官，家是哪个地方的？”我问他。

“山东。”他说。

“他最会说大话了。”他慢吞吞地讲，“他的牙，不是他说的那样磕坏的。”

他说有一年老兵复员，在连队门口开欢送会，豁牙当时背着一面大鼓走在队列前头。唢呐一响，不少老兵掉了眼泪，他见了也跟着哭起来，忘了鼓点。吹号的老班长在后头踹了他一脚，说你敲鼓的怎么还不出动静？豁牙重心不稳往前一栽，牙齿磕在鼓背上，碰断了。

“这家伙和他媳妇都没说实话，一直说是摔马弄坏的。唉……”肖指导员摇摇头，“等老士官走完了，也没人知道怎么回事了。”

“那他说自己不解释的那些，那俩女人，是真的吗？”我问。

“不知道，那些乱七八糟的事，要是我打死也不会说的。”他说着，弯腰从茶几旁边捡起一个什么东西，扔进了套着两层塑料袋的垃圾筐。

“你这个动作，叫我想起了霍尔果斯边防连的连长和指导员。”我说。

这时他已经在我对面的办公椅上坐了下来。

“你什么时候去的?”他问。

“上个月。”我说,“他们指导员刚做完阑尾炎手术,每天一瘸一拐地在院子里走,捡地上的东西。我问他捡了些什么,他说就是烟头。我说干吗捡这些,指导员就笑,说前任主官把大事都干完了,就剩下他们扔的烟头没人捡。”

“他们连抽红塔山吗?”

“嗯?”

“那是哪个连队啊……”他小声说,“全连都抽假的红塔山,有一个战士的老妈带了几条真红塔山上去给他们,他们抽了两口就扔掉了。”

说完,他带着童稚的神情往后靠在椅背上。望着天花板,舔他的牙齿。

“我有个亲戚,他以前在霍尔果斯。”他说,“有一年春节,首长去霍尔果斯慰问,和战士们聊科学发展观,有个士官说,科学发展观要求以人为本,首长您来看我们,就是最大的以人为本,首长一听就高兴了。我那个亲戚说,其实当时他也跟首长握了手、说了两句话,记者采访他,问他和首长握手是什么感觉,结果他说,首长的手像今麦郎弹面,特别筋道。”

他用手腕擦了下眼角,叹口气说:“今天聊天这几个人,跟我那个亲戚挺像的,不会把握机会,说话没有重点,一看就没有经常思考……”

“你经常思考吗?”

“当然了。”

“思考什么呢?”

我低着头,在他的声音里出了神。

“我第一眼看到您,”他说,“就知道您不会喜欢我。”

他转向我坐着。

“其实结不结婚,我没所谓,结了婚也是这样,一个人。”他说。

“我们连长，很喜欢他媳妇。”他说，“他媳妇是搞测绘的，前两年有一次上山，在连队这里测绘道路，看中了连长。俩人结婚到现在，娃娃快两岁了。但是结婚以后，他媳妇一次也没来看过他。连长给她发照片，她打电话来骂了连长一顿，说干吗拍照用美颜。上个月连长过生日，接了个快递，他以为是媳妇寄来的，拆开一看，是团里寄的教育材料。本来感情很好，才一段时间就这样了，我猜是因为没话说。我们平时干的事，和你们不一样，跟你们说，你们听起来没意思，不想听。您愿意来看看我，我挺高兴的。而且您挺好的，他们说的那些事，您都耐心听完了。”

他走出屋时，窗外暴雨如注。无边无际的雨柱抽打着这片低地，在地上激起大团絮状白雾。鄂什库喇蒙尔奇山如探出头来的水下异兽。万物泡在狰狞的水中，看起来热辣辣的。准噶尔盆地以北回到了五百万年之前。那时海水尚在，没有手机，不会响起敲门声。

来扎玛纳什的前两天，卫生队陈队长的山西老家来了亲戚，团参谋长也刚接到调职任命，参谋长说干脆一起吃顿饭，把他和我也叫去了。饭桌上刚喝了两口汤，眼前的人和菜就虚了下来。这顿饭是个梦吗？我想扔一只勺子过去，看对面的人是不是真的。

那晚散场后，在超市里推着购物车走在满满当当的货架之间，忽然像走在水底。我提醒自己，别把小罐头塞进兜里，别突然上前抱住某一个人。

有一回在绿岛饭店包厢里吃饭，他脱去帽子，指给我看他头顶上新植的头发，说他妻子不想被同事看到他进了饭店包厢还戴着球帽。我拆开一袋扒鸡，揪下翅膀给他。他问我，跟送扒鸡的人好了？我告诉他，这人刚刚订了婚。

他上山蹲点时，我会在电话里跟他说，有个男人吃过晚饭告诉我，我们之间是生活与生存的区别。一个男孩在父亲被纪检委带走后的两天与我见面，他在深夜发来信息：人生令人厌恶，只是尽力找到平衡点就是，实在找不到，就随他妈的便吧，也没什么。还有一个士官，有次喂马站得太近，他的嘴唇被马咬掉一块，连队的军医帮他缝起来以后，那块肉没了知觉，与人亲吻时他感觉不到什么。

“那个人的意思是你们俩谁生存，谁生活呢？”他的声音在耳边浮动，像一阵细涌。为了维护这段关系带来的情感强度，需要时时可以谈论的话题。就像今天下午的矿山、歌手和面匠，以及和他家侄子之间的细微瓜葛。与相亲者无话找话的饭间交谈，在讨好和冷淡应对之间的信息来往，以及那些刻意打听来的人生风物片段，支援着我与他平白自然、安全无虞地言及情感和彼此窥看。弥补他与妻子勉力所不能及的生活。只要我不用一段确凿的关系喊停，他就会轻声细气地和我说下去。

我知晓了长期以来，愿意在不同饭桌上与陌生人从一个盘子里夹菜，接受打量与盘问的缘由，就在他那晚松开敲门的拳头，再无只言片语之后。

我站起来。窗外的雨水持续扑向它们的故土，迅若飙尘。

晚上，肖指导员带我去了齐巴尔希力克村一户牧民家里。他们削好肉、倒上酒，打开录音机跳舞。肖指导员双手举着羊肋骨，挡在脸前慢慢地啃。一个牧民过来搂住肖指导员，说你要是不跳，看我们这样就好像看傻子一样，大家一起跳，你们就会和我们一样，这么样的幸福。

肖指导员飞快地摇着头往后躲，说：“不用不用，不用了。”

走出牧民家，我们沿扎玛纳什河向北边的1045高地散步。肖指导员指着旁边的一条水沟说，这条河流向额尔齐斯河，那是我们国家唯一一条流入北冰洋的河流。在他伸出的指头底下，那河流像大海退去后剩下的一点印子。

第二天吃过早饭,肖指导员送来一个锦盒。里头装着一枚灰紫色化石,断面上有三根蕨菜似的白色浮游生物。他说想带我去扎玛纳什河上的铁桥看看。我说刚才已和连长说好了,跟着他进山。他小声地问我:“是不是有招待不周的地方?”我连忙摆手,说:“没有,当然没有。”

走后一个星期,肖指导员发来一条短信,说政工网上发表了一篇他写的通讯,承蒙与我的相处,给他前所未有的启发。

某天早晨,一封通报发到各个办公室,大意是肖指导员带连队在翻修靶场时,老围墙倒塌,压死了两名战士。事关重大,务必严整纪律。我看了两位战士的名字,不是那天下午聊过的人。

中午在食堂,他和科长在排队的人群里说话。科长问:“你那侄子怎么打算的?”他说:“这就不用再打算了。”

“你不是刚去过那个连队吗?”科长忽然回头问了我一句。

他侧过身来,注视着我,我偏过脸去。

那时我手机里还存着肖指导员在围墙倒之前,儿童节发来的一条笑话,末尾附了“祝童心常驻,快乐每天”的话:

父亲在帽子里藏了一个鸡蛋,就去问小阿凡提,孩子,你猜我帽子里藏着什么东西?小阿凡提说,爸爸,请你先告诉我它的颜色好吗?爸爸说,外面是白色的,里面是黄色的。小阿凡提回答道,爸爸,爸爸,我猜着了,你在一把雪里插了一根胡萝卜啊!

苹 果

来时车上，连队司炉工老吕在前座说个没完。听那意思，为给我找个地方洗澡，他动了舍不得用的资源。全连队除了他，更没人请得动农林局万副局长大周天的亲自开车来接。

跟万副局长摸黑爬上农林局招待所三楼，老吕接过万副局长递出的钥匙开了间房。

老吕说他陪局长在外头抽烟，有事喊一声就行。

水温不高。我对着花洒闭上眼睛，不去看隆起的肚子。我多食、浮肿的样子，大概只有这里的男人看不出端倪。

本打算昨天下午到连队，吃了晚饭就跟伍振摊开说，可开饭前他被老吕喊去水电站，凌晨才回，早起又去上哨。

起泡的头发刚在水流里有了一点儿涩感，水全冷了。看水箱上的显示牌，指针已滑出红色部分。

吕班长，吕班长……

我对着排风扇口喊了几声，走廊的灯亮了又灭了。整栋楼毫无响动。

刚套上衣服，老吕的口哨传进来，接着嘭嘭擂响了门。

才打开一条门缝，他整个人就钻进了屋子。他口中喷出酸苦的酒气。

洗好了？

好了。我说。

走，吃饭，万局长在等你哩。老吕说着，眼神变得明亮。我们都饿坏啦。

太晚了，直接回吧。我穿上鞋，拎起背包。

不行。老吕拦住我。

我们等你半天啦！老吕说。伍振没告诉你我和他的关系吗？和万副局长一样，最铁的。弟妹，哥的面子不给吗？

太累了，改天我请你。我说。

你不吃，那陪万局长喝一杯，好不好？他说。

我瞪着他，指了指干发帽。

这样怎么去？我说。

他立马起了高调，说伍振跟我讲你连着几天坐车累了，想洗个澡，连队等到周五才烧水，我就马上给万局长打电话。人家饭都没吃，开车就来了……

他站过来，声音低哑地一再恳求。行吗？妹妹，哥第一回跟你开口。给哥个面子，给个面子……

他说的所谓饭店，是间搭在河边上的铁皮棚屋，锈蚀的铁板和绿油漆，被一盏搪瓷灯照着。迈过踩断的木槛往里走，一间土屋，梁顶低矮还歪着。大圆桌上堆满菜盘，看来已经喝过几巡。桌边窗台上还摆着四盒白酒。桌前，万副局长和两个人堆坐在椅子上，眼光在我俩身上来回戏耍。仨人手里的香烟，熏得满屋黛色。

老吕把窗台上的酒拿到桌上，边拆边说快拆开喝啊，喝不完就带走嘛，还用给我省钱吗？他又掏出兜里的烟，一根一根摆到桌旁每个人面前的盘子里。

坐。万副局长拿烟的手指点了点我脚边的凳子。

看看,就等你了。老吕拍了下巴掌,兴冲冲地坐下了。

万局长,晚上有点事,敬您一杯请个假吧。我说。

那不行。万副局长手指朝身边两位动了动,说,坐,你代表我们那位小兄弟,今晚好好喝一下。

我没抬头,倒了半口酒,喝完扔下杯子就往外走。

老吕追上来,在过道揪住我的背包带。

我甩开他。

小跑出饭店,爬上了路边的坡道。平原起了夜风,太阳穴像被凉气敲开了。我停在一片漆黑的地方,弯下身子,抖开干发帽重新包了一遍。来时只有这样一条土路通向连队,没有岔道。我双手护住肚子,往前走了。

前年头一次到连队过年,老吕的老婆带我来过一个类似的饭局,一桌不认识的人,记不住的头衔。我们假花似的插在凳子上。

老吕的老婆在饭桌上拽掉发绳,单脚踏着凳子喝,走时脸也青了。

我们有一个微信群,连长建的,起初连队几个士官和家属都在。后来有天晚上,男的都被清走了。经常看到有新人被拉进群,又有之前认识的人被踢出去。我被几个人加了好友,每天看她们发广告,化妆品、袜子、干果。老吕的老婆发得最多,从清早到凌晨,早先卖皮包,后来代理老北京足贴。我在她那里拿过两盒治腰疼的产品给家人,闲谝多了就熟了。

有一天,老吕的老婆半夜给我发语音,说刚才睡觉惊醒,忘了老吕在家,而且就睡在旁边。吓得她跳起来拼命喊救命,质问老吕说你是谁。

她跟老吕讲,以后休假回来睡沙发去,不习惯他睡在边上。话说得有歧义,老吕就骂了她的娘,被她打了一嘴巴。老吕的老婆跟我说,不要以为回来搞我两次，老子的火气就泄了。

我和伍振也这样。他一年回来一趟，开头两天，端给他一杯水他还说谢谢，刚放松下来他又要走。

老吕的老婆和我都神经衰弱，我说你可以喝杯红酒助眠，她说要是喝得起红酒就不失眠了。

路长得难以容忍，走了十几分钟，背后亮起一束手电光，照亮了路边沟里的灌木丛，之后很快灭了，接着再亮起来，飞快地又灭了。回过头，看见老吕神情温顺地赶到我跟前。

你脾气怎么这样？……他说了一句。

怎么了？

真是一点儿面子都不给啊。他叹气。

凭什么给你？

老吕愣住了。

他垮下脸来，有些疑虑。

你什么意思？

我不理他，加快步速往前走。

你是这个意思吗？！

…………

他一下子站住不动了。

妈的，你们这些女人……

他目光瞅着前头，脸色阴郁地呼出消化道里的臭酒精气。搭在肩上的夹克滑下去掉到地上。

他躬下身，伸手去够外套的前襟时身体往前栽，整个人蹾到地上。他垂着头，一副不打算再站起来的样子。

干吗？你不走了吗？

他不看我，还是坐在那儿不动。

我转身往前走。

你讽刺我！他在我背后尖叫起来。

这突然的一声尖叫令我头晕目眩，想吐又吐不出来。几天的身体疲劳，神经紧张，这时也崩溃了。

老吕喝点酒就哭也不是头一回了。他老婆说，去年她上连队看老吕，晚上全连在操场烤串串。她数了一下，几十号人，她凑近了老吕，说刚进了一些足贴，贴在脚和大腿的穴位上治风湿风寒，让老吕向他们推销。老吕不肯，意思是他觉得送给人家可以，卖，不合适。老吕的老婆说，你要脸不要命。老吕说，人要是不要脸了，还活着干吗？吞枪算了。

吃完串串，老吕的老婆站起来问谁欠了老吕钱没还，去指导员那里登记一下，拿不出现钱的从复员费里扣。谁要足贴，可以打开微信扫二维码。那晚老吕一手握着一个酒瓶，一手抱着一只小羊羔，进屋时哭了。老吕的老婆说，等挣钱了，我买个脑子给你。老吕低着头，掰开羊羔的嘴给它喂酒。他自言自语，说我请你喝酒，你早点还钱啊。

每年休假回去，老吕都吵吵着跟老婆要钱，去跟战友合伙搞这个养殖，搞那个入股开饭店，只出不进。老吕的老婆说，当兵的哪根筋都比正常人粗些，就是少一根。

有一回，伍振跟我讲他战友都在炒纸黄金、炒石油，赚了钱。说的那会，他已经把钱打给战友。那一次老吕也跟进了，又赔上半年工资。

老吕的老婆打电话给连长，说这些牲口咋不上街抢去呢。欺负部队的老实人，国家不管吗？老吕的老婆跟连长说，连队应该花钱请几个懂理财的人给他们开个课，就这个智商走上社会，他娘的都会饿死。连长说嫂子你别激动，我妈不是当兵的，也被人骗，咱的钱从人民中来，也会回到人民中去。老吕的老婆说，你从你妈肚子里钻出来的，你还钻回去吗？

到今年回家，一个做保健品的战友说现在养生很时髦，市场潜力大，老吕听了兴奋，回连队就请农林局的万副局长吃饭，说以后合伙搞药材种植。

老吕的老婆说，老吕给她写过血书，发誓再也不会炒股、投资、借钱给别人，发誓不再做脱了军装做老板的梦。

她说那一次她和老吕都哭了，跪在地上互相磕头。老吕求她相信自己早晚挣大钱，老吕的老婆说好啊，等着你烧给我。

我很理解老吕事与愿违的努力，他越想赚钱，钱越没得快。我越想好好守住和伍振的感情，越是离他更远。顺其自然，不对。人为去改变什么，还是不对。

你也认为我没本事。老吕说。

我没这么想。我说。

我又不是故意的！老吕说。这个社会病了，我跟你说你要记住，是这个社会有病了。人跟人来回传染……所有人都有病，你没有病吗？

昨天指导员找我，找我谈话。老吕说。要我做好思想准备。我说早就准备好了，谁也不能在部队一辈子，我不会给你们找麻烦……我不能说还没有做好准备，前几年我就开始准备，一直做准备，就是不成功。跟要小孩一样，准备了几年，他不来我有什么办法？

他爬进了路边的草丛,用渴求什么的目光看着我,朝我招手。

来,来坐一坐。老吕说。

伍振说他本以为老吕会报五期。老吕这次休假回来,当天晚上就找伍振喝酒,又喝哭了。他说给兄弟们带了一箱子特产,在火车站,有个和他一块下车的老乡看他拿了三件行李,说帮他提一下,出站时忽然拖着那件行李跑了。老吕拔腿去追,转身被自己拉着的行李箱轮子绊倒。老吕说,提不成,废物球子一个了。

老吕屈膝抱起双腿,下巴担在胳膊上。一辆摩托车飙过,车灯照在尘雾上,光迹哀郁。大路浸浴在银河的柔光中,恣意飘游的夜风持续深入地蚀坏石块。

这个时候,我本来应该已经回到连队招待室,和伍振一起解决我即将说出口的那件事。可现在,我和老吕坐在路边的草丛里,回去的时间一再延宕。

老吕掏出手机看了一眼,说没电了哎,这走到哪里了?赛力克以前住的地方吗?

老吕看我,我摇头。

你知道赛力克吗?

听伍振讲过。我说。

那是好多年前了,那时老吕刚套上二期士官,在界碑站岗,经常碰到有人没带证件要硬闯。有一天,一辆小轿车开到岗哨跟前,司机摇下玻璃说他要带客人去界碑看看。老吕问他要证件,司机说没有,老吕说没证件不让进,违反边界管理规定是犯法的。那人听了跳下车,说你们几个,头发不长还把眼睛挡掉了吗?好好看一看车牌。

这时赛力克骑着一匹刚和游客照过相的灰色大马走过来。人群退向两侧，为他闪开一条道。赛力克走到那辆车跟前，扬臂勒起缰绳。马匹前蹄踏在车前盖上，留下两个奶茶碗大的坑。赛力克说，这是我的朋友，不要欺负他。

后来一个陕西过来贩皮子的女人，把赛力克带去了外地。过了四年，赛力克一个人回来了。他去连队帮炊事班宰羊，讲他在北京摆摊子卖羊皮，在济南盖小洋楼。在广州医院楼上楼下地搬尸体，他朋友给他喝胞衣泡的酒。他带着一壶去了河南安阳加工岫玉的工厂，把那边的玉又卖回了新疆的巴扎。

赛力克最早把假毛皮当真毛皮卖。有人花将近上万块钱从他手里买走一条假的雪狐皮。别人说他黑，他就笑，说这每天不都是傻子买，傻子卖，还有傻子在等待？后来卖假皮子的多了，他又卖药酒。赛力克的朋友源源不断，他是当地小孩在梦里自己长大后的样子。直到有一个蒙古族老头喝了赛力克的虎骨酒吐血死了。朋友们安慰赛力克，说这只是压垮这个老酒鬼的最后一根稻草，但是赛力克彻底忏悔了。很快传开了，他的虎骨酒就是牦牛骨头泡兑了水的甲醇。原先四面八方的朋友再次散开。赛力克不再去连队帮忙宰羊。

老吕说，赛力克三岁骑马，五岁就可以扛着枪跟他爹去打田鼠，随随便便一天打六只，一只能卖两块五毛钱。他跟着他妈去哈熊沟挖中草药，一天挖了四十多株，四毛钱一株卖掉……

老吕说现在，野生中草药很贵，虫草都卖到十块钱一根了，湿的一公斤一万二，干的一公斤三万六，要是那几年新疆旅游火的时候他没走，早就发达了！他和我说，后悔去了外地，一个算命的人告诉他，财运找你的时候你躲了，它不会再来第二次。他说他以为抓住了好机会，结果病越得越多，钱越挣越少。

老吕支起一只胳膊坐着，说，哎，我们都不会挣钱，我知道。

老吕说，刚当班长的时候，跟着我们团的参谋长去山里抓挖虫草的人，那天抓了三个女的，六个男的。从一个女的身上搜出一本日记，本子上写了她每天挖了几根，还要再挖多少根，就可以给爸爸买什么什么药了。我看了很难过。参谋长问他们为什么要挖虫草，有个人说，如果我生活得很安逸，要是家里的小孩不愁吃穿，我有必要大老远跑过来，躲躲藏藏，去挖这些吗？何况卖不了几个钱。参谋长就跟我们说，看看，你们能当上兵多好……

老吕说，我和兄弟们很少谈钱，很少说这些。钱怎么来的，谁知道啊，钱怎么没的……没了就没了。

老吕说不下去了，把视线投在月亮的瞳眸里。

昨天和伍振去水电站的路上，他带我绕道上了五号界碑，指着哈国地界的白色墓冢给我看。

伍振说，连里的人，游客和导游，包括村里的人，他们都说那是将军墓，打仗牺牲的。吕班说不是这么回事，赛力克知道真正的将军墓的故事。

知道那些有什么用呢？我问。

没用啊。伍振垂下眼帘，老实地说。

你不想知道别人不知道的吗？他说。

他欣然望向远处的疣枝桦林，拉起我的手。

我握紧他的手。

伍振曾夜里来电话，说几天前在巡逻点，带去的食物吃完了，喝了两天面糊糊。他徒步进山找野菜，在河边看见一具人骨。他说得血气上涌，全然没有听见我身边那个人的鼻息。

来之前做了个梦，醒来我和母亲说不想打掉小孩。母亲说她出去散步，想一想。回来时喝了酒，我去扶她，被她抽了四个嘴巴。第二天一早醒来父亲问她，她说不记得了。

那时我想向伍振讲明。一五一十地。

现在，我不想再提了。伍振不会知道我有过别人的小孩。那些背着他的龌龊。我同情老吕，也同情伍振。一旦有了同情，就很难离开。

你回吧，我走不动了。老吕挥挥手，拨开身后的一丛飞廉，背对大路躺下了。

第二天下午，阳光照透了铁列克提乡。蝇蚊抖擞翅翼，大胆地将腿与腹贴在新炸的包尔萨克上。

老吕捏着一块馓子去蘸玻璃碗里的萨热麦[1]。他让我别再吃江米条了，来一块包尔萨克。

来北国之春旅社的路上，老吕踢到一只嵌进土路里的鞋底。他不走了，拿鞋尖将它从土里扒出来，鞋面朝上地踢到路边。

哈萨克族人说了，把路中间翻了的鞋子正过来，以后的路越走越顺。老吕说。

女主人阿勒玛[2]托着脸蛋坐在石头上发呆，男老板苏红旗在两棵树之间来回走，梳理打结的渔网。河水冲刷石块的声音越过树丛，波浪似的涌进来。

捞到鱼了吗？老吕红红的眼睛盯着渔网，伸手去摸了摸。

二十几条吧。老板嘿嘿笑了。

你咋不告诉他多大一条呢？阿勒玛说。

---

① 萨热麦，哈萨克语，酥油之意。

② 阿勒玛，哈萨克语，苹果之意。

老板笑眯眯地望了一眼年轻的妻子，继续低下头解线。

阿勒玛张开两根白胖的手指比画，说，只有他的那个那么长。

我命苦啊，天天在这里陪这个老家伙。阿勒玛捏起一小撮炒米，嘎吱嘎吱地嚼。

你够享福啦。老吕说。

老板说，天天抱着手机，啥活也不干，光上网买东西。

乡巴佬，心疼我花钱吗？阿勒玛说。

你还有意见吗？我够老实的了。老板说。

嗯，你在床上最老实。阿勒玛说。

你不要老是逛网店，有个男的，他老婆老喜欢拿鼠标点一点，点一点，他就拿起菜刀把他老婆的手剁掉了。老吕说。

阿勒玛噢哟——叫了一声，飞快地翘起食指塞住耳朵。

阿勒玛说，哎，你哎，你不要老讲这样可怕的事。

老吕亲昵地笑了。

唉，一天一天，没意思得很。阿勒玛说。

她忽闪着刷子似的黑睫毛，耸耸肩。坐下来继续嘎吱嘎吱地嚼手心里的炒米。

老吕喜欢和阿勒玛待在一起，就像阿勒玛在嫁给老板之前，老跟着赛力克。赛力克和女友离开村子去外地的时候，阿勒玛刚十九岁。她等着赛力克，等到他单着回来，等到赛力克一个人瘦成半个，不再卖皮子卖酒卖任何东西。赛力克那次进哈熊沟后，再没出来。阿勒玛去连队找指导员，求他们进山找人。指导员叫他一个老乡开着自己的车过来，陪阿勒玛几进哈熊沟。那个老乡就是阿勒玛现在的丈夫，样子像极了垮掉之后的赛力克。阿勒玛捡到了赛力克身体上飘下来的这块碎片。

阿勒玛婚后一年多,伍振发现了赛力克。下葬那天,连队里认识赛力克的都去了。年轻的连长说赛力克肯定是自杀,被老吕在腰上捅了一拳,要他闭嘴。阿勒玛没有过去为赛力克站殡礼。那几天老乡们议论,说阿勒玛趁赛力克下葬之前拿走了他的一根肋骨。

为了娶阿勒玛,北国之春的老板卖掉在阿勒泰市的驾校,回江苏常州老家离了婚,开了这小店与她做伴,只是偶尔为生意冷清,阿勒玛不想要孩子感到焦虑。

胆小人日记

一、海尔一霍希

搬来新家的第一个早上，我大敞着门，在客厅里手忙脚乱地对付五个硕大的纸箱。这些纸箱里装着母亲为我从北京托运来的电视机、电冰箱、微波炉、书桌、炒菜锅、枕头、碗盆碟、菜板、擀面杖、菜刀，外加一支竹笛。

很显然，母亲把我来新疆想成了远赴非洲原始部落。在电话里，她忧伤地嘱咐我晚上务必不要出门，在楼道里见到可疑人物一定要大喊救命，如果在家憋得将要丧心病狂，就赶紧拿出笛子来吹一吹，好消愁解闷。

回想当年，只要看到人家的孩子弹钢琴，我总惊羡不已，但母亲坚决不同意将我送去钢琴班，她不是舍不得钱，也不是觉得我不是弹钢琴的那块材料。对此，她解释说："钢琴是贵族玩的乐器，你一个贫下中农的孩子，要为将来的生计打算，万一哪天我和你爸突然蹬了腿，你就带着笛子上街卖艺讨生活，这多方便。要是学钢琴，到时候你还能背一台钢琴去地下过街通道弹琴卖艺吗？"

如今，我抚摸着这支笛子，不禁百感交集。收好笛子，我取出菜板，准备拿去厨房。一转身，却看见一个天使站在门口。油黑的头发，白净的脸蛋，大大的眼睛，浓密纤长的睫毛，红红的嘴唇，朝我甜甜一笑，腮上立马陷下两个深深的酒窝。

我赶紧眨巴两下眼睛，这回看清楚了，他不是天使，天使长着翅膀——那由婴儿的呼吸制成的翅膀，而他没有。他和我一样，是一个头、两只胳膊、两条腿的凡人。不过他真小，头发梢刚刚触到门锁的位置。

“你是谁？是我的邻居吗？”我像丑女人见到美男子就粗手粗脚地搓揉裙角那般，捏起嗓子柔情万分地问道。

他歪着头，一只脚在地上来回划动，嘿嘿地笑而不答。

“你为什么不和我说话呀？你是我的邻居吗？”我放下手里的脏抹布，走到他跟前。他的眼睛闪烁着秋天树上最美果实的光泽，长长的睫毛，在他的脸蛋上投下细密的阴影，那简直可称得上是全宇宙最安逸的一片阴凉，是忘忧的丛林。

“嗯……你不是我的邻居，你是我妈妈的邻居。”他仰起脸，一笑，露出两排珍珠粒一样的牙齿。这些珍珠并不是颗颗圆润齐整，但它毕竟是无可模仿的自然的产物，它不是塑料，也不是琉璃，而是造物主的创作。

我笑了起来，他也和我一起笑。

“妈妈的邻居，不就是你的邻居吗？所以我们是邻居，对吗？你是你妈妈的小宝贝，我是你妈妈的邻居，就是你的邻居……”我绕了一段自己也没想清楚的话。

“那……那，你叫什么名字？”

“我叫董夏青青。”

“你也是维吾尔族人？”他皱起眉头，两道黑黑的小眉毛，一下牵起了手。

“嗯……我不是维吾尔族人，我是汉族人……”

“那你……那你的名字怎么四个字啊……”

“嗯……好听嘛……”

“我叫凯迪尔。”他怏怏地说道。

“什……什么？艾迪？”

“不对！是凯旋的凯，迪……嗯，就是凯迪尔的迪，尔，尔就是那个尔……”他皱起眉，噘着嘴，极认真地解释道。

“哦，好吧，凯迪尔。”

“那，那我叫你什么呢？阿姨，还是姐姐？我能不能叫你冬夏青青？”他抿住嘴，摊开手，耸耸肩，笑了。

“嗯……除了阿姨，叫什么都行，姐姐才二十岁，你几岁？”

“我五岁了，那，那个，苏比诺尔，她，她都，都已经八岁半了呢……”

其实，如果照他说到苏比诺尔年龄时那种惊恐、崇拜、肃穆的神情来看，他叫我“老不死”真是一点儿也没问题了。

二十岁，对于小小的凯迪尔而言，已是多么令人绝望的年龄啊。

离开北京的家已经三周，做梦却和醒着一样：空旷辽阔的蓝天、硕大柔软的白云、装饰着漂亮花纹的建筑、说着我听不懂的话的少数民族的人……这就是阿凡提和他的毛驴走过的美丽地方，唯独没有出现我的父母和朋友。

在七月十七号上飞机之前，父亲闪动着希冀的眼神对我说：“你害不害怕？说实话，我一点儿都不为你担心害怕。”

我不敢说完全不恐惧，但也的确不怎么担心，所以只是摇了摇头。

“就是，”父亲接着说，“害怕什么嘛，你是军人啊！”

自我出生以来，父亲总是好犯兵瘾，状态好的时候，他是我和母亲的知心班长。大年三十一大早，就把我俩提溜起来召开家庭民主生活会暨年终总结大会。当母亲提议要一边包饺子一边开会时，父亲便怒不可遏地冲进厨房摔盆子砸碗，恶狠狠地大骂我们母女是两只不思进取的饭桶，愤愤地搓揉自己蓬乱的头发。可对于深谙他秉性的王氏母女来说，每当他打算自燃，我们都会像两只看见嫩草的绵羊一般注视着他，给予他“你正在被认真关注”的友好暗示。于是，不用过多会儿，他就渐渐恢复了常态，一面仔细扫着地上的残陶碎瓷，一面快乐地高唱道：“碎碎平安唧哩个唧……”状态不好的时候，他便是人见人嫌的野大兵，仗着三分本事就敢四处叫板，有时候，他的铁拳真能拍烂某一块好钢板，但许多时候，他拍中的都是捕鼠夹。每当他沮丧地回到家中，便不论白天黑夜今夕是何时地打开灯，在我和母亲中间挑选一个睡得不那么死的倾诉衷肠。其实每次都是我最先醒过来，都是可怜的母亲最先沉不住气。

“你瞎鼓捣什么啊？明天我还要上班，孩子还要上学！”

“少睡才减肥，你看你闺女那两条大象腿。来喽，哥们儿，聊聊天，来，我有个事你帮我参谋参谋……”父亲讨好地抓住母亲的肩膀，用力猛晃。

“我不懂，我不会参谋，咱们家就你最能干了。”母亲在睡梦的边际上挣扎，像条案板上的鲫鱼，只想赶紧摆脱父亲搭在她肩膀上的那只利爪。

“我胃疼——死——了，哎哟要疼死了。”我常常认为父亲应该从事艺术创作，因为他总能把他个人的欢乐和痛苦改装成能压垮一座城池的巨石墩子。他最向往的事情就是——他笑，全世界都笑；他哭，全世界都哭。但最终达到的现实效果却是——他笑，全家人噤若寒蝉地笑；他哭，全家人鸡飞狗跳地哭。

“你晚上没吃饭？”

“没有……一直开会……”

“煮点面条吃？”

“再拍根黄瓜……”

母亲叹口气，关上灯，轻轻拉上房门，在那一瞬间，依稀能看见父亲闪着甜蜜光芒的一口白牙。

我不知道我到新疆这件事，对父亲来说究竟是不是百炼成钢，但从他坐到哪里腿就抖到哪里的激烈程度来看，他的内心必定隐隐地翻腾着一股弄得他寝食难安的澎湃激情。相比那些拼死让孩子留在天子脚下的父母，他格外地体悟到了一种悲壮情怀。

我想，当我来到刚刚恢复平静的乌鲁木齐，父亲和很多人一样，一定以为我这个幸运的作家挖到一座富矿——我大手一挥就将这神秘壮美的西部风情捞进了笼子，先用报告文学清蒸一遍，接着扔进散文里过一道油，再捞出来放到诗歌煮沸的汤料锅里咕嘟一阵，扔进去几瓣惊悚，淋一瓢悬疑，撒上点情爱，最后，端到早已在等待中热泪盈眶的双亲跟前。

然而，对于这些日子我经历的、听闻的各种故事，我却总是木讷有余而激情不足。众所周知，没有激情的兴风作浪，怎会蹦出文字的锦鲤要一试龙门高低？可就算激情受了潮，点不着火，也不能让这头脑里的记忆因此一片黑灯瞎火，无论好坏，总归"不能熟视无睹"，倘若运气好，至少能当文学书的吧？

拿出纸笔，还没把凳子坐热，就接到收发室电话，说有我的信。跑去拿回来一看，是父亲寄来的。

不等关上门，我赶紧把信拆开来看。刚把叠好的信展开，凯迪尔就跑进了屋子，爬到我旁边坐下，好奇地盯住我手里的信看。

"你欠别人钱了吗？"他问。

"没有啊，姐姐没有借人钱啊。"

"那你拿的不是欠条吗？"他谨慎地看着我，以防我撒谎。

"当然不是，这是姐姐的爸爸给姐姐的信。"说完，我突然发觉凯迪尔说得很对，这封信的确像一张欠条。

"哦，信？你爸爸把它放在风筝上，然后飞过来的吗？"他又问。

“对，是个好大好大的风筝把它带过来的……”

“有多大？有我这么大吗？”

“有，有……”我笑了。

“你爸爸说的什么啊？”凯迪尔伸出小手，指着信中的一段问道。

在他指着的这一段中，父亲写道：“去新疆工作，尽管我和你妈妈有些想法，但现在看来，觉得你的选择是正确的，一毕业就留在这儿，总是同过去的同学、熟人在一起工作，就很难长进，都市生活很容易把人的锐气消磨掉……面对领导和老师们的关爱，心里有数就成了，没必要焦虑，要有平常心，路遥知马力，日久见人心，只要你持之以恒地努力，就不会辜负他们的期望，你说呢？……凭你现在的阅历、年龄、知识面、所见到的真实情况，还不具备发言的水平和条件，为此，要静下心来，多观察多思考，多请教周主任和其他前辈，多做实事，少说大而空的理想……”

看到父亲说出如上的话，我惊讶得瞠目结舌。回想三个月前，当他听说我执意要去新疆工作时，愤然把桌上的碗碟悉数砸光。在我离家那天，天花板、墙壁上，仍然留有菜汤的痕迹，而父亲的脸仿佛也像是那面被菜汤泼了的墙壁。平日总听人说“一脸菜色”，直到那天，我才真正见识。

“我爸说要我好好和你玩，不要欺负你。”我回答他。

“真的？你爸爸认识我？”他睁大眼睛。

“真的呀。”

“那我爸爸妈妈认识你吗？”

“认识啊。”

“他们结婚的时候你就认识他们了？”

“对呀。”我大言不惭，“哦，他们结婚的时候我不在，我好像在家里，哦，不对，我在……我忘记那天我在哪里了……”

第二天早晨十点多，我仍然不死不醒地耗在被窝里，纵使梦里全是“毒池刀林”也绝不起来。突然，迷糊中听见有人敲门。那敲门声才刚刚礼貌地响了两下，便立即变成毫不客气的狂乱砸门。我吓坏了，哆嗦着从床上连滚带爬地落到地上，光脚一路小跑到客厅。眼见门板在墙上一晃一晃，地板都在震。

“谁?”我问道。

令人失魂落魄的敲门声霎时止住，门板的那一边，响起一个小小的声音：“阿姨，是我。”

打开门，眼前站着的，正是我在新疆交到的第一个朋友，我的小凯迪尔。此时，他穿着一身白色的秋衣秋裤，上面印着淡绿色的卡通小人头。

“不许叫我阿姨，叫姐姐!”

“哦，好吧。冬夏青青，快！快来！来我家，我家有H1N1流感!”凯迪尔十万火急地拽住我的上衣，满脸愁容。

“啊?”我那两个嘴角直扑耳朵根而去。

“你看！我家的电视在演呢！在演流感……”

“哦……”

“流感吓不吓人?”坐在他家的地毯上，我问他。

“吓人……得了流感会死亡……青青，你知道死亡是什么吗?”

“死亡……就是睡死了呗。”

“真的?”我的小凯迪尔立即泄了气，他的睫毛落下去，那是太阳西沉了。

“走，到姐姐家玩好不好?”

“好。”他微笑着看着我，慢慢地回答道。

我在厨房里找零食，回到房间，看见他正趴在卧室的床上，和我床头的三个玩具说话。见我进屋，他立即问道："青青，你这几个娃娃里面，哪个是维吾尔族的？"

我的面前摆着三个玩具，一只用绿色灯芯绒布缝制的小兔子，是到厦门甦民舅舅程冰舅妈家旅游时带回来的；一只趴趴熊，那是念大学时，从学校宿舍楼道的垃圾堆里捡回来的；一只毛线乌龟，是济南的小园阿姨照着网上教的方法亲手织的，乌龟的头和四条腿是土黄色，乌龟壳上则有湖蓝、草绿、枣红、明黄、玫红、粉红六种颜色。

"嗯……当然是这只乌龟啦，它是维吾尔族的。"

"为什么啊……"

"因为……你看……它的眼睛，是不是又大又亮呀？还有它的衣服，那么多种颜色，多漂亮呀。"我解释得理直气壮。

"它的眼睛是两粒扣子……"

"漂亮的扣子嘛……"

我的小凯迪尔，不知道他要长到多大才会明白，乌龟，哪会有维吾尔族和汉族的区别呢？他轻轻地抚摸着这只乌龟，神情如此庄重和温柔，任何枯萎的生命，都能在这样的眼神中汲取活命的营养。

凯迪尔又跑回客厅，爬到沙发上，荡起两条细细的腿，像空中的风，海里的潮。他说："青青，你看，我的嘴巴，它干了没有？"他高高地扬着脸，用小小的手指着自己的嘴唇。

我凑上去看了看，笑着回答："嘴唇说它干了，要喝水。"

"好吧，青青，那我们拿水给它喝，喝了它就不会干了。"

我从屋里拿出一瓶矿泉水，打开递给他。

他双手捧着瓶子，仰头咕咚咕咚地喝。他喝水的声音多么好听啊，在他的喉咙深处，仿佛涌动着一股生命之泉，那泉水，充满着神秘和甘甜。

咽下嘴里最后一口水，他长长地吁了口气。接着，凯迪尔磨蹭着下到地上，走到我用五条长板凳搭起来的花架前，盯住花架上的花花草草，认真地说："青青，它们也口渴了，我们给它们喝水吧。"

"好啊，你给它们喝水吧。"

小凯迪尔精神抖擞地朝我点点头，踮起脚尖，给这些花草喂起水来。

与眼前这个小小的身体相比，有些人即使穿着再漂亮的衣裳，也掩饰不住一个令人伤心的、可笑的躯体。凯迪尔像风中的蜡烛一样弱小，但他的精神和灵魂却从未有过溃疡留下的疤痕，他无忧无虑，既不松软、浮肿，也不冷酷、歪邪。

"姐姐，我要尿尿。"凯迪尔一定是在给花浇水时，受到了水声的诱惑。

"来，带你去厕所。"

我拉着凯迪尔的小手，把他带到厕所，替他打开灯，关好门，自己回到客厅。没过多久，突然听见凯迪尔啊的一声大叫，我赶紧冲过去，隔着门问他："怎么了？凯迪尔，怎么了？"

"对不起……"凯迪尔小声地嘟哝了一句，那声音是如此沮丧，仿佛一朵一触即碎的蒲公英。

"怎么了？没事儿，姐姐不会怪你，怎么了？"

"青青，我没有跟你说话呀，我刚刚……在跟尿道歉。"凯迪尔的声音又中气十足了。

"啊？为什么啊？"

"嗯，因为，因为我把尿，我把尿尿在马桶外面啦……"

"…………"

人们赞美波德莱尔，因为他用诗句将妓院门口的泥土变成了黄金，但和凯迪尔刚刚的“万物有灵论”相比，波德莱尔输在了对蕴含自然力的任意事物的崇敬心上。

我小小的凯迪尔，他会唱“Touch your mouth, Touch your ear, Touch your eye……”[1]；他会每天一起床就叫着要找青青，饭都不好好吃，气得妈妈要打他；他会和我家的每一件物品亲热地说话，偷吃我买的四川香干，然后辣得满屋子乱跑，一路撞掉了桌上的碗、台灯、电视遥控器；他会拉着我的手，对他的朋友们大声说我是他的朋友。因为他，我认识了可爱的姑娘迪拉热，暴躁的小伙子艾利，还有早熟的姑娘苏比诺尔。我们一起玩儿猫捉老鼠，在躲避小伙伴们的“围攻”时，我的鞋跑掉了好几回。他会在我洗澡之前，拉住我认真地说：“洗澡的时候你要当心啊，不然就淹死了。”当他的竹蜻蜓飞到树上，他会叫我用扫帚把竹蜻蜓救下来，可当我面向浓密的树枝高高抛起扫帚时，竹蜻蜓掉下来了，我的扫帚却卡在了树上。绝美的夕阳余晖之下，我独自在树下又跳又叫，捡碎石头砸树，凯迪尔呢，早就带着伙伴们到更空旷的地方玩儿竹蜻蜓去了……

昨天上午，我和凯迪尔一同出了家门，我找朋友吃饭，他则是跟着妈妈参加亲戚的聚餐。到了大院门口，他兴奋地挥着小手，大声地对我说：“海尔—霍希！”

我知道，他在说“再见”。

清澈澄净的阳光下，我也挥舞着手，大声喊：“海尔—霍希！凯迪尔！回来见！”说完转过身，我几乎要哭出来。

---

① 这是一首英文儿歌，大意是触摸你的嘴，触摸你的耳朵，触摸你的眼睛。

他如此喜欢我，信任我，给我的每一个眼神，都新鲜芳香得如同婴儿的毛发。我这个异乡人，告别亲人和朋友，独自一人来到这里，竟然收到他给我如此宝贵的慰藉，让我安心地走出门去打量这个尚且在阵痛中昏睡的城市。这真是无穷无尽的充实，让人流泪的幸福。

然而，也就在昨天，在我下午一身疲惫地回到家时，却听说我的小凯迪尔——上天最宝贵的恩赐，他哭了。

“萨丽曼姐，凯迪尔怎么了？”我在楼梯口遇上了正从包里取钥匙开门的萨丽曼，凯迪尔的妈妈。

萨丽曼姐的普通话说得很生疏，她一手按住胸口，慢慢地说：“哦哟！气死我了！我们不是和你一起出的门嘛，我上了公交车，然后还要转车，我不知道路，就问车上的一个小伙子五一夜市怎么走。他指了一个相反的方向，我们就坐反了，怎么坐也坐不到。凯迪尔在车上就饿了，等我们找到五一夜市，我的亲戚都吃完走掉了，他就开始哭，饿坏他了……你说，那个小伙子怎么这样呢？他看见我带着这么小的凯迪尔……为什么要这样对待这么小的娃娃呢？”

“…………”

萨丽曼姐穿着缀有蕾丝花边的漂亮衣裙，那双深邃、幽静的眼睛，像黑夜和白昼一样分明、无限。我的小凯迪尔睡在妈妈的怀里，呼吸均匀，小脸蛋被眼泪烧得红红的，像被轻风戏弄了的浮云，在傍晚时分跑去夕阳的宫殿，在廊柱下暗暗地赌着气。

我的小凯迪尔，当你长大之后，你还会记得一个善良的阿姨亲手织成的毛线乌龟吗？我的小凯迪尔，当你懂得的越来越多，你还会快乐地唱歌给我听，对别人说我是你的朋友吗？

二、天涯何处无父母

因为常常以凯迪尔的后备保姆形象出现，我渐渐赢得了凯迪尔父母的肯定和信任。我爱这个善良的家庭，并为能成为他们的朋友而感到由衷的骄傲。

“青青，中午别去食堂了，我做汤饭!”萨丽曼姐从门口探出脑袋来，满头绿色发卷。

“晚上我们带你去吃烤肉怎么样?”库尔班大哥一面提鞋，一面粲然一笑。

库尔班大哥就是凯迪尔的爸爸，是个英俊幽默的男人。他每天早上都去位于华凌商贸城的地毯商店上班，全年仅有肉孜节、古尔邦节、春节能休息几天。最近，商店装修暂时歇业，库尔班大哥遇上了难能可贵的假期。对此，他一路笑得灿若星辰地回到了家，萨丽曼姐也高兴不已在门口迎接，递上拖鞋，但这件明摆着的大好事却苦了同时停课在家的凯迪尔。

与别的小孩不一样，凯迪尔有着超乎寻常的学习热情，每天起床的第一件事便是打开电视机和碟机，将音量调至常人无法忍受的程度，哈欠连天地跟着英语碟片唱唱扭扭。连排泄时他也要将坐便器拖到电视机前，一边拉屎一边左摇右摆哼哼唧唧。于是乎，尚蜷缩在床上的库尔班大哥，便会在轰鸣声中痛苦地搓揉被褥，难受地把身子长长地拉直又快快卷起，像条被喷了药的菜虫子，其状极惨。

吃早饭时间到了，凯迪尔却根本没有要进食的意思。他嘿嘿嘿嘿地笑着，躲进窗帘后、床底下、柜子里，在沙发上呼啸而过，躲避其母在他身后的围追堵截。对这种乏味的游戏，库尔班大哥开始时置若罔闻，他端起饭碗，呼噜噜地两三下吃完，接着喝下一杯茶。他斜靠在沙发上，眯起眼，用眼神追踪着跑得两眼闪光、嘴露痴笑、面颊绯红的凯迪尔。接着，他掏出新买的苹果手机，从文件夹里进入声音文档。

“凯迪尔,过来吃饭。”库尔班大哥友好地召唤道。

“不吃不吃不吃,我就——不吃。”凯迪尔将两个食指堵在酒窝上,露出一口亮丽的小白牙。

“我再说一次,你吃不吃?”库尔班大哥的拇指摁在手机键盘上,像摁住导弹发射的遥控器。

“就——是——不——吃。”凯迪尔不知从哪儿学来一口京腔。

刹那间,只见库尔班大哥的拇指向下按去,伴随那一个悠然响起的声音,凯迪尔几乎同时嗷地放声大哭,猛扑向库尔班大哥,痛苦地挥舞着拳头,一边乱砸一边哭号道:“你这个屄皮牙子……”

这时,萨丽曼姐便赶紧过去抱起凯迪尔,轻轻地拍着他的背,一面在房间里来来回回地颠着走,一面不忘愤怒地瞪一眼正得意扬扬的库尔班大哥。

“他还小,胆子小得很。前两天电视里不是在播《聊斋》吗?你大哥晚上不睡,等到夜晚播放时,用手机把那个鬼的声音录下来,只要凯迪尔不听他话,就放出来吓唬他。他一听就哭,哦哟,我心疼死了……”萨丽曼姐开门扔垃圾,正巧碰上凑在门前听热闹的我。

“那他吃了没有?”我问。

萨丽曼姐皱着眉头笑了笑:

“还在吃呢,刚刚才吃了三口,他爸爸就跑过去抱他要亲一个,吓得他全吐了。你看,我刚收拾完卫生,把地毯也刷了一下……”

萨丽曼姐是这世上最疼凯迪尔的人,正如我母亲是这世上最疼我的人一样。对于我的每件衣物,母亲都会拿着针线为我缝上记号,在领口、袖口上,或者是一只蜻蜓、一朵花,或者是一个字——“夏”。到目前为止,每件衣服上的记号都各不相同。有一天,体育课前换衣服,初中的同班同学发现了我衣服上的秘密——

“这是什么?”同学问。

“我妈给我缝的。”我说。

“哦……你妈是不是叫桂花? 我看见你作业里的家长签字了。”

“不是桂花! 是桂华!”我很生气。

“就是的! 就是桂花! 哈哈! 你穿的这是桂花牌运动衣……”同学笑着跑远了。

渐渐地,我的桂花牌系列服装渐渐成了大家的秘密,并逐步演变为一方传奇——“她穿了妈妈做的桂花牌衣服,百毒不侵,刀枪不入,长生不老……”如果我考试成绩不错,他们便会说:“因为她有桂花牌内衣护法。”如果我跑步摔跤了,他们便会说:“幸亏穿着桂花牌秋裤她才没有摔断腿。”

现如今,可以自豪地说,我之所以能健康快乐地成长至今,并有胆量来到乌鲁木齐,正是因为我常年穿着“桂花牌此爱绵绵无绝期系列品牌服饰”。

某天,我下楼扔垃圾,看见凯迪尔在院子里孤独地骑着脚踏车。

“凯迪尔,怎么不看喜羊羊呀?”我问。

“爸爸不给我遥控器,他看那个……杀人的,特别吓人,我都哭了。”他停下车,抬头看着我。

“那你跟我回家看动画片吧?”

“不好……”他低头摁着单车上的小喇叭,“青青,你知道我爸爸什么时候去上班啊? 他去上班多好……”末了,凯迪尔沉重地叹了口气,任由大大的单车载着他小小的身体,一摇一摆地走远了。

我站在原地，对着凯迪尔落寞的背影出了神。想起小时候由于父亲工作的特殊性，他总是每天下午出门上班，凌晨三点以后下班，全年无休。于是，平日里我只有等周末学校放假时才能见到他。

记得一个星期天的早晨，我从卧室出来，看见奶奶正端着一个碗，肃穆地站在紧闭的卧室门前。见我出来，奶奶顿时面露喜色。

"来，给你爸爸把这碗蛋汤端进去。"奶奶慈祥地说道。

"啊？他还在睡觉，肯定不喝，到时候把他吵醒了，又要发脾气。"我说。

奶奶信心满怀地看着我，说："不喝不就把胃搞坏啦？去，你是他闺女，他还能怎么样你？"

我端过碗，脱下拖鞋，小心翼翼地拧开房门，一步一步地逼近睡梦中的父亲。此时，他正像条等着大厨往身上刷酱的烤鱼，反扣在床上。被子都在身子底下皱皱巴巴地窝着，嘴唇在腮帮子和床板的挤压下微微张开，顺势流出的口水沾在床单上，闪着淡淡的低调光泽。看到这里，我完全忘记了自己的职责，失去控制地哄然大笑起来。

这时，眼见床上的父亲微微动了一下，接着遭电击了一般从床上跳起来，像看见一个死人那样地盯着我。

"老爹，奶奶要我把蛋汤端进来给你……"我颤颤巍巍地伸出手去，一颗小小的心充满梅花鹿向老虎行礼的痛苦和恐惧。

"你他妈的有毛病啊！滚——你他——妈——的，滚——出——去！"父亲声震寰宇，惊得我那胃径直掉进了小肠里。眼见他气得连眼珠子都要掉到蛋汤碗里，毛发直立，很快就神经失常了，我吓得失魂丢魄，张开嘴巴，拼命地打了一个大大的哆嗦，迅速地退出屋子。其间，手里的蛋汤竟然没有洒出一滴。

"怎么啦？被骂出来啦？"奶奶关切地凑上前来，小声询问。

“你知道还让我去?”我快步走到餐厅,气愤地放下蛋汤。

奶奶朝我笑笑,温柔地说:“我昨天去送,也被赶出来了,我还想着你去送他能不骂呢……你是他闺女嘛……”

中午,被奶奶宠了大半辈子的父亲醒了,他先是在屋里打一个大哈欠,用声音示意我们应赶紧做好迎接其出屋的准备。很快,他便一手挠肚皮一手抠头皮地出现了。“啊——就如旭——日——东——升。”我、奶奶、刚加完班回到家的母亲,三人端庄温顺地坐在饭桌前,齐齐向他热情地送上招呼。

“嗯,嗯,你们先吃吧。”父亲看上去情绪很高,显然忘记了早晨的不快。

我们三人顺从地端起饭碗,开始慢慢地吃饭。等父亲洗漱完毕上桌,几人这才开始快快地吃起来。因为父亲讲究“食不言,寝不语”,所以每次吃饭,母亲总是忍不住要低头看铺桌子的报纸,看到好笑的事,还会间或喷出饭粒或菜渣。

“说了多少遍了,吃饭就是吃饭!你再看我把报纸撕了啊!”父亲声色俱厉地在母亲脸前的桌子上敲了一筷子。

母亲吓得一愣,两只小眼睛惶恐地闪闪发亮,而后鸡啄米样地点点头,可用不了多会儿,只见她面色尚无太大变化,却腹部颤抖,鼻翼快速地扇动起来。除了脸部,其五脏六腑都已笑得失魂落魄,我想幸好是她嘴里堵着米,不然,张嘴就要咳出一片肺叶来。

“你笑什么笑?我要掀桌子了啊!”身高刚过一米七的父亲腾地站起来,像美猴王手里那如意金箍棒中的一截子,上不顶天下不挨地,唯见其唾沫洋洋洒洒地落入那绿油油的青菜之中。

母亲是个很讲究家庭和睦团结的传统女人,见惹怒父亲,她并不迎面反击,而是麻着胆子真诚地望向父亲的双眼,拿筷子戳着桌上的报纸说:“刚看的这个事太有意思了，我说给你们听啊。有个人，卖废品的，但是他特别爱好做菜刀。有一天，别人卖给他一个大炮弹，他仔细一看，不得了啊，那是日本人当年攻打长沙投下的哑弹啊，是好钢啊，他就想拆了做菜刀。家里人劝他别瞎鼓捣，他就是不听，结果不知道没注意动着哪啦，炸弹一响，人被炸得满屋子都是……”大家完全被母亲嘴里“有意思的事”弄懵了，这个故事里有贫穷，有战争，还有死亡，可怕极了，有意思在哪儿呢？看着笑得眼泪都冒出来的母亲，桌上其余三人，皆五味杂陈地将注意力集中在饭菜上。奶奶曾是抗日战争时期的地下党人，她叹口气，摇摇头，神色凝重。

父亲沉默不语地抄起碗来，呼啦呼啦地连菜带饭一起吞下，好像连嚼都不嚼。听奶奶说，他从小吃饭就像饿死鬼投胎。长大后一个叔叔跟我说：“哎呀，你刚满月的时候我去你们家看你，中午在你家吃饭，你妈还没上桌，就看见你爸把一盘子豆角炒肉吃得只剩肉末子了。你看你爸吃，你也饿呀，就在旁边哎呀哭得太惨……”此时，母亲见状，寻思了一会儿，便兴奋地冲父亲说道：“哎！哥们！你闺女星期一要参加国庆演讲比赛，稿子写好了，你说起个什么题目就响亮了？”

对于父亲而言，女儿是他最骄傲的作品，我的事，从来比他自己的事还重要。听母亲说完，他立即放下饭碗，什么酸辣土豆丝，去他妈的。他兴致勃勃地与我讨论演讲内容，眉飞色舞地替我出谋划策，此过程中，我一面享受着酸辣土豆丝，一面缓缓地转动脑筋。

“我想到了！就叫这个怎么样？你注意听啊！如果祖国是一只雄鸡，我宁愿做一粒米。怎么样？好不好？太好了！就是它了！”父亲激动难耐，亢奋不已。

先辈教导我们孝顺孝顺，孝即顺也，听罢父亲建议的标题，我胃口全无地放下筷子,勉强抬起沉重的眼皮,拖长嗓音说:“大王英明,就用它吧……”

周一上午,走上学校的演讲台,背靠大红色横幅标语,面向台下一片肃穆庄重的脸庞,我庄严地念出了那个标题,结果,便是可想而知。

演讲结束后,我在厕所听见有人很小声地议论道:“哎!你们听见那个没?什么……如果祖国是只大公鸡,她就是碗米饭,那个。笑死我了……”

“听见了听见了,我也快笑死了……”另一个人也热情地随声附和道。

放学后,我神情悲戚地独自走出校门,夕阳将我颓丧的背影拉得很长,很长。在车站,正巧碰上一个初二的学妹,她身材娇小,白白净净,模样很招人喜欢。

“学姐,你今天去听了你们年级的演讲没有?听说有个女的特别彪,她的题目叫‘为了祖国,我愿意做一粒米’!”学妹两手插兜,脑袋偏向一边,天真地注视着我。

家里,父亲为了亲耳听到我的好消息,将出门上班的时间一再推迟。见我进屋,他赶紧迎上来,我看见他那张脸,顿时万念俱灰,放声痛哭起来。

“怎么啦?你没讲好?”他为我脱下书包,紧张地问道。

我扭头冲他悲愤地大喊:“都是你!都是你起的那破标题!都是你!”

父亲一怔,接着愤怒地将我的书包扔向墙去,遭了杀戮似的大吼道:“要不是老子帮你想你讲个屁你讲!老子好心帮你你还啰里八唆!白眼儿狼!以后有事别想再请老子出山!”

“要得!”我正气凛然,“俗话说得好,老子英雄儿好汉,老子无能儿混蛋。”这样的老子,不帮我也罢。

父亲气坏了,满屋子窜着要找管制类凶器惩治我,奶奶赶紧跑上前拦住他,并叫我快进屋躲起来。我撒丫子冲进屋里,隔着门板,惊魂未定地平躺在床上，合上眼睛，听见父亲不依不饶、反反复复地大骂着这一句："你给我出来，小人！你这个小人，出来！你个小人……"

小人？我当然不会买这个账，因为我那天正巧穿着"桂花牌死皮赖脸秋季主打款秋衣"。

在库尔班大哥身上，我找出许多与父亲相似的地方，比如说在对凯迪尔的教育方面，他也从不含糊。

在大院里，很多孩子都玩上了滑板车，凯迪尔也很想要一辆，但萨丽曼姐一问价钱，稍微好一点的要五百多块钱，便一直拖着不肯给他买。为此，凯迪尔一整天没吃饭，呆坐在沙发上，眨巴着泪潸潸的眼睛。

晚上，库尔班大哥回来了，随他一起进屋的，还有一只毛茸茸的小鸡崽。

"啊，小鸭子！"凯迪尔飞奔过去，傻笑着接过小鸡，充满感激地看着父亲。

"不是鸭子，是小鸡。"库尔班大哥纠正说。

"哦……鸭鸭，你叫什么名字？"

"是鸡，不是鸭子。"库尔班大哥又耐心重复了一遍。

"好吧……它是鸡，但是它叫鸭鸭，行不行？"

"行。"库尔班大哥点点头。

日后的几天时间里，就在院里其他孩子玩滑板车的时候，凯迪尔骄傲地赶着他的"鸭鸭"出门了，像遛狗一样地遛鸡。接着，玩滑板车的孩子们也被吸引来了，霎时间，大大小小的黑手齐刷刷地伸向黄艳艳的小鸡。小鸡微弱、颤抖的叫声被迅速淹没在众儿童的吱哇乱叫之中。晚上，萨丽曼姐把小鸡关进一只鸟笼，放在客厅电视柜的前头，好让凯迪尔第二天一早起床就能看见他的好朋友。

如是几天之后，第五天的晚上，库尔班大哥半夜起床解手，摸黑进了客厅，完全忘记了有小鸡存在这回事，一脚踢飞了小小的鸟笼。等打开灯一看，小鸡正好被两道栅栏卡住了脖颈，已经救不过来了。

想到凯迪尔第二天起床之后伤心欲绝的模样，库尔班大哥非常伤心，他蹲在地上，看着小鸡出神，绞尽脑汁地想明早该如何给孩子解释小鸡的离世。

第二天一早，库尔班大哥歉疚地坐在凯迪尔的床上，慈爱地等候他醒来。

“凯迪尔，爸爸有件事情要和你说。”库尔班大哥对刚刚睁开眼的凯迪尔说道，“这件事确实很难过，但是你要坚强。”

凯迪尔打了个大大的哈欠，接着揉揉眼睛，认真地看着爸爸。库尔班大哥觉得心一下被揪得很紧，他缓了口气，有些哽咽地说：“今天早上，爸爸起床的时候，发现小鸡死了。”

“哦，好吧。我待会儿要看《喜羊羊与灰太狼》。”凯迪尔心平气和地说。

听凯迪尔说完，库尔班大哥呆了几秒钟，紧接着，集中在胸口上的血液迅速回流，他怒不可遏地把凯迪尔倒扣在床上，在他小小的屁股上啪啪啪地连打了好几巴掌。凯迪尔被这突如其来的巴掌吓坏了，他一面哭一面捏紧两个小拳头拼命捶床，哭得气都调不上来了。

萨丽曼姐跑进卧室，拉开已经气得失去理智的库尔班大哥。

“库尔班，你干什么！娃娃又怎么气到你了？”萨丽曼姐自己也要哭了。

“这个㞞太没有良心了！那只小鸡陪他那——么多天，给他带来那——么多的欢乐，现在小鸡死了，他一点——点的伤心都没有……”库尔班大哥眉头紧皱，嘴巴像牙齿底下嚼着一块牛皮糖似的动着。

凯迪尔伤心欲绝地哭着，间或无辜地猛烈咳嗽几声，完全哭糊涂了。

库尔班大哥抹了把脸，愤怒的情绪渐渐平息之后，忽又伤感不已：“我小时候养羊，从小小的，养到大大的，它跟着我吃饭、睡觉、出门，等到长大了，家里要吃它的肉我就难受的啊，那个肉我没吃过一口，我都买别人家的羊肉吃，这个㞞他是我儿子吗？”

之后的某天，幼儿园老师叫小朋友们在家养一只小动物，每天观察它的生活习性，然后到课上讲给其他小朋友听。听到老师布置的这个作业，库尔班大哥给凯迪尔带回来一只小白兔，小白兔乖巧地住在小鸟笼里，非常讨人喜爱。可是无奈天妒红颜，就在小兔去院子里玩的第一天，就因吃下刚打过农药的绿化草而中毒身亡了。

得知此噩耗后，凯迪尔还没等萨丽曼姐安慰，就哇的一声哭了。

萨丽曼姐一边心疼地替凯迪尔擦去眼泪，一边说：“先别哭，等爸爸回来了再哭……”

晚上，我正裹着毛毯在家里看电视，忽然听到萨丽曼姐在门外叫我。

“青青，有个事情要麻烦你。”

打开门，萨丽曼姐将一本书伸到我脸前：“青青，你看应该是读‘音乐(yuè)’，还是‘音乐(lè)’呢？你大哥说肯定是读‘音乐(yuè)’，但是这个‘乐’不是‘快乐’的‘乐(lè)’吗？应该读‘音乐(lè)’嘛！你说我和你大哥谁对？”

我冲萨丽曼姐笑笑，说：“萨丽曼姐，大哥读对了……这个‘乐(yuè)’，是个多音字……”

萨丽曼姐的脸唰地红了，嗫嚅道：“哦……太麻烦了，汉字太麻烦了……”

这时，只听见大哥在屋里大叫：“怎么样？我说对了吧！青青过来屋里坐会儿吧，帮凯迪尔看看他的作业。”

进了屋，萨丽曼姐赶紧为我斟茶，端出杏干、巴旦木，凯迪尔拿着他的美术作业爬到我身边，库尔班大哥歪着身子坐在铺于地毯上的褥子上头，哈欠连天。

“大哥，还没休息过来啊？”我问。

库尔班大哥噘着嘴揉揉眼睛，神情痛苦地说：“不是没休息好，昨天晚上没睡好。这个尻嘛，昨晚上三点了还没睡，坐在这里看那个韩国电视剧，哦哟哭的啊，我本来睡得好好的，突——然听到有人哭，哭得那么伤心哪，吓坏了，赶紧跑出来，就看到这个尻，边看边哭得勺子一样。我说：‘哎，你哭啥哭啊，要哭你躲到厕所里哭撒。’这个尻还在哭，一抽一抽，话都不会说啦。”

大哥一边说，一边耸起肩膀，下嘴唇包住上嘴唇，学萨丽曼姐的样子一抽一抽地哼唧。萨丽曼姐无辜地皱着眉头，抿着嘴唇，双手羞涩地捂住脸颊。

“凯迪尔嘛，也醒了，跑出来问：‘我妈妈怎么啦？我妈妈怎么啦？’然后母子两个一起抱头痛哭，哦哟，太——可怕了……”

我和凯迪尔紧紧拥抱着，浑身颤抖，两人笑声之大，恨不能逼得房倒屋塌。

“这个尻嘛，刚刚又跟我争到底是‘音乐(yuè)’还是‘音乐(lè)’，韩国人把她给洗脑了一样。”库尔班大哥无奈地摇摇头。

我好多朋友，他们的孩子在国外，他们带回来很多消息，我们知道世界是什么样子。”

“是啊，时代变了。”

“大家一说就是沿海城市怎么怎么，不就是有个海嘛，新疆和好多个国家接壤，我们和全世界的人做生意，很多外国人通过新疆来了解我们国家，可是有的外地人还总认为我们还在骑马上班、上学……”

“是啊，那些人不了解，所以就瞎说。”

“国家的发展，是我们每个民族都出了力的，但一些人瞧不起我们，有个教授说坎儿井是外国人的发明，可笑！”

“只是传言……”

我沉默半晌，往嘴里填一枚杏干。在刚刚说话的时候，凯迪尔和萨丽曼姐进屋睡下了，库尔班大哥轻手轻脚地关上卧室的房门，坐回沙发上，熄灭烟蒂，不紧不慢地说：“我明天就开业上班了，多赚点钱，你看我们连滑板车也不舍得给他买，是想等凯迪尔读完高中，就送他出国念书。”

我的父亲和库尔班大哥一样，没日没夜地苦干，只为能给儿女更好的条件。然而，我却在此事上辜负了父亲的一片好意，他的女儿既没有浪迹香榭大道，也没有依偎于自由女神像下，而是抛家弃父，跑去了一个偏远的地方。

只是他不理解，正如有人所言：“精神旅程非关天国，也不是要到达某个美妙的地方。事实上，我们就是因为如此看待事物，才会这么痛苦。以为我们可以找到永久的快乐，并因此而逃避痛苦。”我在这里，和在这世界上的任何一个地方一样，欢乐不会更多，痛苦也不会变少。

乌鲁木齐的时光已是初秋，几个湿冷的早晨过后，一个似是而非的季节来临了。房间里，金色的阳光犹如非洲草原上的贝壳般珍贵，像金子制成的饰品，点缀着床铺和墙壁某处。我感到生命在减速，在变弱，旺盛的精力正在蒸发消散，变得越来越透明。房间像没入一片平静的海底，一切都在歇息。

给母亲打去电话，那头，母亲的第一句话便是：“完了，我捅着马蜂窝了。”

“你又惹着他啦？”

“不是我！”母亲声辩道，“昨天他去毛伢子那里玩，别人一看见他，就跟他说，大哥啊，你女儿在乌鲁木齐要小心啊，我侄子刚从那边回来。人家好心说了这么一句，他就兀地一下站起来，把人家的椅子一脚踹倒，呼哧呼哧就回来了，一脸铁青。见了我就骂：‘都是你，给你闺女说新疆如何如何好，要是你闺女有啥事就是你害的！’你说我冤不冤，莫名其妙被臭骂了一顿，这人真是难伺候……”

我抬起头，看见父亲写给我的信静立在书架的一角。他总是这样，一分钟之前还想得通的事情，三分钟后就一头撞向牛角尖了。父亲啊，父亲，何必如此谨小慎微呢？要知道，在新疆，我可是天天穿着“桂花牌福大命大逢凶化吉天道酬勤系列品牌服饰”的呀！

三、你比海天更美丽

年轻人的诚实记忆总是可靠的，在那个事件发生的晚上，我在学校宿舍里看书，读到一本诗歌合集的其中一首，如果没记错，那首诗歌由法国诗人桑德拉尔创作，名为《你比海天更美丽》：

当你爱上了谁，就该出去走走
告别娇妻幼子
告别亲朋好友
告别心上的人儿

当你爱上了谁，就该出去走走
这儿有空气这儿有风
有山川大地和天空
这儿有孩童这儿有动物
有煤有花有草有木

当你爱上了谁，就出去走走

不要微笑着哭泣
不要在两人的怀抱中栖息
歇口气，迈开步，出发吧，走吧

我边洗澡边打量自己
我看见这熟悉的嘴
这手这腿和眼睛
我边洗澡边打量自己

这世界好好地依然存在
生活却总有那么多惊异
我出了药房的门
我正巧走下磅秤
我称称这八十公斤的自己
我爱你

我流着莫名其妙的眼泪，以不可思议的热情反复诵读着这首诗的每一个段落，它仿佛是从我脑袋顶上掉下来的一把头发，是源自我心脏汩汩跳动的延绵血液，是我今天早上起床之后回忆起的一个芳梦。

突然，电话响了，同学上来第一句便是："董夏，你知道乌鲁木齐闹事了吗？"

"不知道。"我回答。

"你赶快上网看看！"同学嘱咐道。

“好，看完再给你回电话。”

连上网络，关于事件的消息果然已经越燃越狠，各大论坛众声喧哗，国外媒体已开辟登载相关事件真假难辨的图片的专网。

约莫一个小时后，我接到父亲的电话。

“青青，你在上网吗？”

“在。”

“乌鲁木齐出事了，你知道吗？”父亲问。

“知道了。”我回答。

“那你想好了还去不去？”父亲又问。

“去，应该得去吧……”我说。

“你老妈到你二姨家玩去了，还不知道，你千万别和她说，她听了肯定受不了。”父亲嘱咐道。

“好。”

刚刚放下父亲的电话，电话又响了，是母亲打来的。

“青青，刚刚你熊阿姨来电话，说乌鲁木齐出事了，你在上网吗？你快去看看到底怎么回事！看完给我打电话，不要告诉你老爹啊，要是他知道了肯定担心死了，不会让你去的……”

“好，我上网看看，一会儿给你打过去。”

关上电脑，我找来一张白纸，将这首《你比海天更美丽》誊抄下来，塞进钱包，之后，在床上躺下来。

我想，若不是因为年轻气盛的自己爱上了谁，“去新疆”这种豪气的志向是断然做不出来的。也正是因着这无法与人说清道明的隐晦之情，使得当至亲好友好心询问为何要把自己一竿子打飞到天涯尽头时，我却只能对个中缘由缄默无言，讳莫如深。

眼下，此事既出，对于身边爱我的人是沉重一击，但于我自身而言，坦白说，却真无所谓多大影响。相比自己即将去到一个相对危险的地方，哪怕他的一个落寞神情都会使我倍感焦虑。以至一想到他终有一天要死去，而我再不会听见、看见活着的他，心底便即刻涌上一阵无法消解、中和的酸软，蓬勃的五脏六腑都随之懈怠了。

这种无可解释的情感，于我是种绝对的折磨，可也有唯一的好处，那便是使得我从未觉得守在离他很近的地方，就能真正获得安慰；同样的，当我离开他，去到我总说成潘帕斯草原的帕米尔高原，也未必是真的离他远了。

在爱的学业上，我所信奉的，即桑德拉尔诗中所写的。对于诚实之爱的艰难，里尔克也早在写与青年人的信中说到了同样意思的话：爱的要义并不是什么倾心、献身、与第二者结合（那该是怎样的一种结合呢，绝非一种不明了、无所成就、不关重要的结合），它对于个人是一种崇高的动力，去成熟，在自身内有所完成，去完成一个世界，是为了另一个人完成一个自己的世界。

到新疆去，并不是在爱的神经错乱中任意抛掷自己，像心急的农民从地里拔出一个烂胡萝卜之后远远地扔出去。这个决定，也绝不是在陷入窒闷、颠倒、高烧不退的状态之后轻易夸下的海口。正因为我已体会到这以人爱人的差事之苦，时时感到自身强烈的厌恶、失望、贫乏，并总会在冲动时刻把这支离破碎的情绪施压到所爱之人身上，给尚无爱我之心的人造成困扰，一错再错，这才想到要去远方。

何况这样做，也不是要轻率地断绝曾经的爱，急于草草地过上一种毫无负担、四平八稳、绝无险阻的娱乐性生活，而是要让内心完全宁静，以进入一个长久的专心致志的时期，凝聚整个生命的能量，喜悦，寂寞，痛苦，去学习这最艰苦、最重大的事情。

当无力让所爱之人的心永远绽放着微笑，我能做的且正确的，也许便只能是这般若有似无的存在，无利无害吧。

七月十七日上午从北京首都机场起飞，下午两点到达乌鲁木齐的地窝堡机场。晴空万里，不知是否因为轻微的高原反应，乌鲁木齐天空的云格外富有表情和神采，抬头便恍若看见它的清澈微笑。

度过三个月的熟悉期后，我从四肢俱全的正常人变形为一台新交付使用的割草机，在苍茫戈壁的滚滚红尘中迅速启动，带着满身零件的轰响，以异常亢奋的激情没入汩汩涌动的人潮。和煦的夏日微风中，我一路撒丫子翻滚向前。

晚上十点多，我拎着一套白底镶紫色小花的瓷碗敲开隔壁凯迪尔家的门。

“你每天都在房子里太没意思了吧？”库尔班大哥笑眯眯地问我。

“是啊，是啊，过不了几天我再过来，就可以从身上摘下霉蘑菇来了，正好让萨丽曼姐炒一顿吃……”我回答。

凯迪尔右手挥舞着一把塑料长剑向我攻来，大叫：“为什么你身上会长蘑菇？”

“人太久不出门就会发霉，发霉就能长蘑菇了，知道了吧？”我装出循循善诱的和蔼嘴脸，接着一把抢走了他手里的剑。

凯迪尔朝我扑上来，吱哇大叫：“还我！你快还我！”

“不还，你个小气鬼！借我玩一会儿不行吗？”我高举着剑，任他凶猛地一顿挠抓。

“去——你的！不借！就是不借！”凯迪尔气势汹汹。

“给你给你，去你的，你个小气鬼……”我把剑扔给他，两人都已争得面红耳赤。

“哎呀，看样子你要找个男朋友才行，每天就有事干了。”大哥伸了个懒腰，认真地建议说。

“我有事干呢，我要写东西。”我不服气地说。

“写东西我懂呀，和我做生意一样，要了解社会，是不是？和三教九流都要交朋友，我说得对不对？你写的东西都要来源于生活嘛，如果写新疆，就要全面了解这里的人，不光了解汉族人，也要了解维吾尔族人，了解各民族的人，全方位地观察，才能写清楚一个问题……”大哥说。

“那大哥带我去华凌上班吧！”我可怜兮兮地说。

“可以，愿意你就来吧。”大哥答应得很爽快。

华凌是乌鲁木齐市最大的商贸城，出入其中的，既有外地人、土生土长的新疆人，也有老毛子（一般指俄罗斯人）和中亚各国的商人。大哥在新疆和田地毯对外出口贸易商店上班，这个商店的老板是广东人，老板娘是新疆土生土长的回族人，除了库尔班大哥这位经理，还有哈萨克族的库管、柯尔克孜族的销售。

这里的地毯美得如同晴夜的满天星辰、四月草坡上的烂漫山花，我看着它们，就像看着一群美艳至“不足为外人道”的姑娘，直想冲上去拽住她们，哪儿也不许她们去。虽然贵为一家店的经理，但库尔班却是最忙碌的一个，店内的一切大小事务都得由他拍板点头。遇上重要的客人，他还要亲力亲为，使出浑身解数做成生意。而最近几天最令他头疼的事情莫过于店老板两口子因买车观念不同失和，都罢工不来店里了。

“青青，把这几位客人带到贸易城三楼的三三〇，他们还要买彩电。”大哥站在一摞高高的地毯上，朝我喊道。

“好嘞！这就走!”我满脸堆笑,尽职尽责地把客人一路带去三三〇,再悠哉游哉地回到店里。

不多会儿,大概一到两个小时之后,三三〇店铺的伙计阿不力孜便轻车熟路地跑来店里,喜笑颜开地找到大哥,塞给他“一条金鱼”。“一条金鱼”即一百块钱,大哥运气最好的时候,一天能吃到八条金鱼呢。

中午,外卖送来了拌面,大家各自潦草地胡乱扒拉几口,大哥带人发货去了,剩我留守店内。我脱下鞋子,找一摞最合我心意的地毯爬上去,四仰八叉地倒下,大大地叹上一口气。

“青青……青青,青青!”

蒙眬中,大哥的声音直直穿过我的脑子。我噌地坐起来,发现身前站着好几个人,除了大哥,其他人一律面生。

“你到那块地毯上去睡,客人要看看你睡觉的这块。”大哥似笑非笑地命令道。

我理理奓起的毛发,迅速爬向大哥指示的对面那摞地毯包。

“你们这个店员的睡眠太好了！估计我们把她当货物一起搬走了她也不知道。像我们这些老家伙天天晚上失眠,真羡慕这些年轻人,走到哪里睡到哪里……”客人一边摇着头,一边发出啧啧的慨叹。

大哥笑着摸摸头发,舔舔嘴唇:“我们的地毯好嘛！所以她一躺下就睡着了,你看我们店里有钢丝床,她不肯睡,光——要睡地毯,找店里最最漂亮的地毯睡上去。所以你们也看上她刚睡的这块了嘛……她是北京来的大学生,在我这里帮忙,她代表的是首都人民的品位啊……”

几人探讨了一番,终于进入了最关键的价格谈判阶段。

“哎,老哥,你看,为了民族大团结,你再给我们低一点!”其中一位男士说道。他河南口音非常明显。我去石河子的时候听人说,因为当地河南人颇能闯荡,于是,很多维吾尔族人学得一口流利、标准的河南话。

“哎呀,我给你的价格已经是为了民族团结最低的价钱啦,我们讲的是中华民族大团结,不能只是我团结你,你也要团结我呀。”大哥据理力争。

“再便宜一点! 为了庆祝新中国六十周年,再便宜一点吧!”河南大叔用手做刀状,左一下右一下地砍。

“老哥,我和你这么说吧,你是一头斗牛,我是斗牛士,你来买我的地毯,就好像牛追着斗牛士跑,跑跑跑跑了一阵以后,咱们哥俩现在开始谈价钱了,就好像我抓住了你的牛尾巴,不是我不肯便宜,是我一松手就摔断脖子了嘛!”大哥委屈地一缩脖子,嘴巴一噘。

最后,这笔生意终于以维吾尔族和汉族两个民族人民互帮互助团结友爱的大好价格谈成了。

十月,在偌大的商贸城里,曾有的阴霾早已消散,满商铺的人精神焕发,饱含斗志和欲求。人们来了又走走了又来,来去匆匆,谈成了手舞足蹈,谈崩了唉声叹气。人们调动身体中的一切能量,以求把钱从对方的口袋里弄出来,于是乎人的动作、表情都如此丰满、富有激情,好像寻获了永葆青春的秘药,服下了活力永驻的回春之水。

对我而言,当我在店里看着这些漂亮的地毯、来往的各族甚至各国人,总能对他淡忘一些。一天之中,脑子转动得滚烫,心却微凉地寂静着,不发一言,既没有昏迷,也尚未觉醒。

我不知道是真的看破了自己内心瞬息万变的诡计,还是我只暂时把眷恋、情感搁置到了一个高处,当某天我不小心碰倒了理智的架子,它便又会毫无预警地跌落下来。我将被那充沛的情感再度砸晕,痛则痛到涕泪横流,气则气到怒不可遏，悲则悲到伤心欲绝。于是当我晚上独自在家时，我便感到呼吸紧促，想日后如若能承担关于所爱之人的一切消息，无论是好是坏，我不是都该预先熟悉诸如疾病甚至死亡的概念，在对其反复的思考中渐渐习惯它们的实意吗？

本与傅老师、铁梅姐约好周末一起去游南山的一个寺庙，清早，接到傅老师的电话，却说南山之行无法兑现了。

“我马上要回一趟老家，我哥哥的儿子没了。”傅老师说得急促悲伤。

再次见到傅老师，是一个星期之后。

“我对死已经好久没有概念了，大概大半年了吧。”傅老师吸溜一口茶，对我说道，“我本来以为我妈会想不通，老人家嘛，结果全家就我妈想得最开，还劝我哥，说是这个孩子不孝，命嘞……”

“你不知道，死得太蹊跷了。老家屋前不是有个水塘吗？那天我哥去山上看田，孩子在家里，过一会儿，孩子也跑到山上去了，对他爸说，爸，别忙了，你看你身上都湿了。我哥就说，好，一会儿就回家，你先回吧。结果我哥回家发现没人，四处喊都没人，就觉得不对劲，看见孩子的鞋怎么在塘边？就知道完了。我哥跳下去，摸了三趟都没摸到，第四次跳下去的时候就找到了。但是奇怪得很，孩子肚子里没有挤出水，喉咙没有呛水，表情也很平静，一点儿都不痛苦。后来我哥就想起孩子说的那句话‘爸，别忙了，你看你浑身都湿了’。”傅老师说。

我听着，恍惚中能清楚地看见很远的地方，有颗父亲的心正在一堆灰烬底下，耗尽似的叹息。然而在乌鲁木齐的东风路上，抬头看天空，星星就像滚入河中的石头，在泥夜中深深陷落，它的喘息，随即衍化成滚滚波涛，在人的脑海深处麻木而缓慢地翻腾。我想，也许过了今晚，明天我就将彻底忘记此事，以及当我刚听说此事时的惊愕和悲哀。

“死了就死了,我们还能怎么样呢?”傅老师说。

“可能真是等过了这阵就没事了,该干什么干什么了。”他又说。

我从未见过这个十二岁的孩子,对于他的死,我似是看见一只飞走的鸟儿,只是怅惘。而当我告别傅老师,霎时想起他,想到他有可能在我活着的某天死去,这幻想中的死亡的感觉,则像在地平线附近沉落的太阳,其坠没的痛苦,永留在某个重要器官的内膜壁上。

这个时候,请别说这爱是靠不住的,虽然谁都难以保证永远地爱谁,无法证明人心是生而牢靠的,请别说那人心终是善变的。这实在的感觉是无论日后走到哪里,灵魂的线绳都仿若在所爱之人的手中;无论日后境遇如何,赤子之心都会因所爱之人更从容不迫地跳动;无论日后相见与否、情意是否一如今日一般的新鲜,似是只消听见他好好地活着,就是人生的大喜悦。

如果死亡能放过我们珍视的人,而不是我们将珍视之人从心头放过,该多好。

当人一旦习惯一个地方、一种生活,时间便会长出小腿和小脚,飞快地跑远。每天,我除了在单位正常坐班,就是去华凌乱窜,偶尔接送凯迪尔并出席他的幼儿园家长会,和傅老师一家人吃饭聊天,和新认识的朋友互诉情义。

一天,萨丽曼姐把我带去了她的大姐家,参加他们的家庭聚会。一进门,我即刻被这个美丽的家庭打动了。在来新疆之前,我从未见过如此富丽的家,浓郁的维吾尔民族风情在此一览无余——在一百多平方米的地板上,铺了三大块颜色相近、花纹迥异的羊毛地毯,墙上贴着饰有金色花朵的银灰壁纸。屋顶上,美丽的装饰与流溢灿烂光华的吊灯默契辉映。餐厅的一侧墙壁,摆放着三个雕花精细的实木橱柜,在暖色灯光的照耀下,各种纯银器皿闪烁着小伙儿一样的热烈眼神；瓷质餐具上，色彩绚烂；各种花朵、植物疯了似的绽开，妖冶又招摇；长长的餐桌和凳子上都铺有精致的蕾丝布垫。另一侧墙壁上则挂有几个深色木质相框，里面镶嵌着《福乐智慧》中摘录的箴言。

加上萨丽曼姐，家里一共五个姐妹，大姐、二姐、三姐说得一口相对流利的普通话，都向我热情地问好。她们的孩子也纷纷跑到我跟前，往我手里塞玩具、点心。过了一会儿，萨丽曼姐的妹妹从屋里走出来，笑着与我握手，向我点头问候。

“这是我的妹妹，她过几天就要生了，医生说是双胞胎呢！她的普通话不好，你不要误会成她不喜欢你。”萨丽曼姐挽着我的胳膊，对我解释说。

餐桌上，我注视着这个美丽的怀孕女人，她的脸像洁白纯净的满月，没有一丁点瑕疵；她的褐色卷发正好在她的脖颈处停住，甜美而安静。她坐在那里，微笑着倾听众人的谈话，双手温柔地抚摸着肚子。这个家，仿佛因她而着上了一层圣洁的光辉。这种气质是如此动人，以至让曾感受过的人终生难忘。

在我身旁，萨丽曼姐八十岁的母亲同样静静地坐着，她那果绿色头巾上开着饱满的白色山茶花；深蓝色的丝绒长袍上，印着黑色的抽象图纹；十个手指，除了拇指，都戴有造型各异的金戒指。她不会说普通话，也听不懂，但她却一直看住我的盘子，一旦盘子空了，她便起身为我夹菜，笑着示意我多吃。

我也不停笑着连声说“热合买提”“热合买提”[①]，但她不知道，当我低下头，看见面前满满一餐盘的抓饭、杏干、鸡肉、羊肺子时，眼泪却是要掉下来了。

五天后的上午，我正准备出门上班，突然听见萨丽曼姐在门外叫我，我打开门，萨丽曼姐正激动非常地站在那里，眼睛红红的。

---

① 热合买提，维吾尔语，意为“谢谢”。

“青青！我妹妹刚刚生宝宝了！龙凤胎！”说完，她便赶紧捂住嘴，眼泪随即流了出来。

“太好了！真的？是龙凤胎？太好了！”我也高兴得忘乎所以，完全不知道该如何是好了。

“青青，如果你周末有时间，我们就一起去看他们吧！”萨丽曼姐喜极而泣。

“有有有，有时间，我一定会去的……”

接下来的两个工作日里，我总能没由来地笑出来。被家中门板挤到了手，我笑；在办公楼里上厕所没带纸，我笑；在食堂打饭时没端住餐盘，菜汤泼到了裤子上，我还笑。

周五晚上，我和朋友在北门的一家甜品店里边吃边聊天，突然，电话响了。

“青青，你在哪里呢？”库尔班大哥问道。

“大哥，我在外面和朋友聊天呢。”我高兴地回答。

“你什么时候回去？凯迪尔在艾利家，想麻烦你回去的时候接他一下，我和你萨丽曼姐在医院，她妹妹今天早上突然心脏不好了，下午住院，刚刚送进重症监护室去了，医生在治疗着呢。”

“严不严重？怎么突然就心脏不好了？”

“是啊，昨天晚上还好着呢，我们还聊天……你先把凯迪尔带到你家去，我们晚一点回去，麻烦你了，妹妹。”

把凯迪尔从艾利家接回来之后，我们俩便坐在沙发上看韩剧《传闻中的七公主》，放广告的时候，我就配合着他玩他新学会的一个游戏。

时间到十二点过五分的时候，我对凯迪尔说：“凯迪尔啊，我们先睡觉好不好？”

“不好。”

“睡吧，姐姐的床特别软，被子好舒服呢。而且姐姐好累，好想睡觉啊……”

“青青，我爸爸和妈妈呢？他们怎么还不回来……”凯迪尔说。

“凯迪尔，你的小姨妈生病了，爸爸和妈妈都在医院呢，要很晚才回来，爸爸说要你先睡，他晚上回来就抱你回去，好不好？”

“我知道！我知道他们去医院了。”他暴躁地打断我。

“小姨妈不是生病，她死了。”凯迪尔突然说。

我怔住了，接着重重地推了他一把，吼道：“凯迪尔！你怎么这么坏！小姨妈对你好不好？啊？好不好？”

“好……”

“你喜不喜欢小姨妈？”

“喜欢……她的龙凤胎宝宝特别可爱，他们都说那个小男孩长得像我……”凯迪尔似乎根本没有察觉到我的怒气，他天真地抬起头，对我挤出一对酒窝。

“那你为什么要咒你的小姨妈呢？为什么这么坏！”

凯迪尔终于感觉到了我的怒气，沉默地低下头，没有再说话。我生气地起身去厕所洗漱，等回来的时候，他已经在沙发上睡着了。他静静地睡着，呼吸匀称，我轻轻叹了口气，帮他盖上被子。

迷迷糊糊地睡到不知道什么时候，我清楚地梦见自己正在家里的客厅，父亲、母亲与我坐在一起。一开始，我们三人聊得很好，但不知怎的，我不知道说了什么不该说的话，惹怒了父亲，他突然腾地站起来，指着我，说我伤了他的心，他要抛下这个家，离开我和母亲，让我们再也见不到他。看到父亲如此坚决的神情，我吓得赶紧起身去追他，但他越走越快，无论我多么努力往前跑，父亲的背影都离我越来越远,就在眼见着父亲的背影即将彻底模糊的时候,我的电话又响了。

“妹妹,凯迪尔睡了吗?”大哥问。

“睡了,我们十二点多就睡了。”我揉揉眼睛。

“好吧,让他睡吧,我们今晚回不去了,你萨丽曼姐的妹妹刚刚过世了。”

“大哥……怎么会这样呢?”我也不知道自己那时是如何问出了这样一句软绵绵的话。

“是啊,妹妹,就是这样。”大哥回答。

挂上电话,我望向卧室的窗外。靛蓝的夜色中,深黑色的树木像贴在窗户上的剪影,毫不真切。我仿佛被个恶人一把推倒在地,且毫无反击之力,只能窝窝囊囊地哭上两声。也是在这一刻,我突然意识到,虽然我一直以为自己是与人世的无常面对面而坐,自己已长久地、牢固地盯住了它,从未生出逃避之心,直到因它而起的痛苦会在某天自动瓦解,消融成一团雾霭,而后消散,消失得不留余地。然而事实上,我从未摆脱死亡对我的宰制,对于死生的无常,我根本没有真正地预备好什么,学习到什么。人说,当你对死亡心存敬畏之时,便是心生慈悲的时刻。然而,这句话也是错误的不是吗?谁能说清什么是慈悲?

想到那正活着、已逝去的人们,我既没有决心,不知该付出什么,也不知道可以做什么。一种深沉的无力感紧紧地缚住我,我深刻感受到一颗脆弱的心在面对无常之时所生出的绝望,一种单纯、诚挚的绝望。

走出卧室,我在客厅的茶几上轻轻坐下。看着熟睡中的凯迪尔,我真的很想推醒他,问他为什么要在那时说出令人痛心的话,是不是他早早地看见了什么?感觉到了什么?还有,在我这么长久的睡眠时间中,几乎从未梦见过父母，为何偏偏在今夜会梦见他们？而且这梦在即将转恶的时候，是被这样一通电话所打断？这个夜晚如此复杂、多义，一切貌似有关联的讯息缠绕成一团，我怎么理也理不顺，怎么解也解不开。

因为爱上了比海天更美丽的你而出来走走的我，的确找到了一个“这儿有空气这儿有风，有山川大地和天空，这儿有孩童这儿有动物，有煤有花有草有木”的好地方，我也因为爱上了你，而更加“会跑会唱会吃会喝，会吹口哨，会劳作”。但是，我却并未真的放开了对情感的执着、分别，以及妄想。

凯迪尔在梦里皱起眉头，哼唧着翻了个身，全然不理会我的悲哀。

与陪衬过无数人类痛苦的夜晚一样，这个夜晚就像一场永不可能被治愈的痼疾，在此后一生的时间里，我的嘴唇上将永远留下洒在病榻前那消毒液的味道。

末了，我想起那晚和凯迪尔一起玩过的那个游戏，游戏是这样的——

我和凯迪尔本来说好玩剪刀包袱锤，但当我伸出来一把剪刀的时候，凯迪尔却同时伸出双手，左手是剪刀，右手是锤子。

他看看我的手，接着迅速地将左手收回身后，高声说道：“左出一个，右出一个，情况不妙，收回一个。”

小小的凯迪尔是如何通晓这些逻辑的呢？一切无常总是如此，不是吗？情况不妙，收回一个，而且有的时候，他还不只收回一个。

四、铃儿响叮当

今天是萨丽曼姐的妹妹下葬之日，在这头七的时间之中，我接连两天高烧至三十九摄氏度。对于我们这些刚强众生而言，发烧本来就是司空见惯的事情，无非是打个针、吃服药就解决掉的“小意思”，但在最近H1N1流感沸沸扬扬的节骨眼上，发烧却成了比癌症还可怕的事情。据说，只要踏进正规医院的大门，凡是烧到三十八摄氏度以上的病人，都会被送入隔离病室，之后填写一份表格，其中内容包括：你发烧后到过哪些地方？与哪些人接触过？他们的姓名，工作单位，家庭住址……

也许是出于恐惧，或者是别的什么，抽掉体温计，我没有到大院正门的医院去就诊，而是裹上羽绒服，从后门悄悄地溜去了家属门诊。现在想来，我这样任性的确有些冒险，但在当时，脑子里却只有一个念头：宁可躺在床上，把自己的一条小命全然交付给老天爷，也千万不要被送进一个前途未卜的地方，在看不见一个亲人的陌生场合默默静候一纸鉴定。

“医生，我真的不是H1N1流感，最近我哪儿也没去，可能就是前两天遇上点儿事，情绪一激动，就发烧啦……”坐在诊所的椅子上，我感到说不出口的委屈。

“知道了，H1N1流感一烧就烧到四十度，你这不是H1N1流感，肯定是着凉了。以前在新疆过过冬天没有？”

这个诊所的医生姓王，是个身材高挑、匀称的美艳妇人，之前每天从诊所门口经过时，都能隔窗看见她在各位病人之间往来穿梭的样子。

“我刚过来几个月。”

“那难怪了，水土不服，一换季的时候不适应肯定要感冒。”王医生快言快语地说完，一支秀气的针管已经捏在手上。

“王医生，轻点打。”我含泪请求道。

“哎哟，别说得小可怜一样，这都是娃娃用的五号针了，没有比这更小的针了，我给你轻轻打，然后慢慢——推，你都不知道我打了没有……”

“好……一定要慢慢——打，我爸妈都不在这儿，打疼了都没人管我……”

我声音颤抖地说道。

“真的啊？哦哟！还真是小可怜啊！那王医生管你哦，王医生保证把你病治好，你就又活蹦乱跳了。”

“嗯……谢谢王医生。”

“谢啥！好了！”

“打完了啊？”

“对啊！我说了不疼的！”王医生骄傲地说。

打完退烧针，接着挂上了吊瓶。躺在病床上，我渐渐睡了过去，不知睡了多久，母亲打来了电话，一看是她的号码，我赶紧反复清了清嗓子。

“喂，你在干吗？”

“我在看书啊。”

“在看书？不对吧，你骗我吧？”母亲的声音沉下来。

“没有啊，我真的在看书。”我感到自己的声音明显在发抖。

“你是不是哭了？到底什么事？”母亲一下警醒起来。

我辩解道：“没事，没个屁事我哭什么哭！”

“你肯定有什么事，你别瞒我呀，你告诉我，我不会告诉你老爹的……”母亲选择了一种“请君入瓮”的口吻来劝说我倾诉衷肠。

“你在干吗啊？”我问。

“哎呀，刚才尹志文到我办公室来了，一瘸一拐，一拐一瘸的，见了我一脸苦相，说，于姐啊，我快死了。我就问他，你不是在吐鲁番吗，怎么回来啦。尹志文就说，哎呀，于姐哎，我作孽嘞，烧到四十度嘞，吊针都打到脚上去了，搞得我路都不会走了！我当时就跟他说，你这才去了几天呀！我女儿已经到那边几个月了，就一直没病啊……”母亲兴高采烈地说到这里，即被我又哭又笑的错乱声音打断了。我一面流着眼泪,一面笑得直不起腰。

“都是你! 哎哟,都是你害的……你别说破呀! 你一说我没病,我不就病了嘛! 我比人家尹志文好不到哪里去,我烧到三十九度啦!”

“真的啊? 哎呀!”母亲说完,也跟着我没心没肺地哈哈大笑起来,“那你看病没有? 快去打针……哎哟……真是太巧了……”

“正在打呢,刚打了退烧针,已经舒服多了。你可千万别和尹志文,还有单位同事说我生病了啊!”我笑得上气不接下气。

“我坚决不说! 刚刚才跟人吹出牛皮去,再说不就太没面子啦!”

“就是就是!”

放下电话,我出去上了趟厕所,回来时发现手机显示有一个未接来电。

“大哥,怎么了? 我刚看见电话。”

“青青,今天下午是凯迪尔幼儿园的家长会,我和你萨丽曼姐都过不去了,她妈妈又病了,你去替我们开一下吧。”库尔班大哥不好意思地说。

“行啊,几点?”我问。

“六点半。开完家长会之后你就把他带到你家去,我晚点过去接他。”

“嗯,好的。”

放下电话一看,时间已经是六点十分了,我赶紧溜出门诊,跑回家换衣服。临出门时,在手忙脚乱地穿风衣的过程当中,我仿佛把一个什么东西从桌子上碰掉了,但时间已然来不及了,在听见那东西落地的一声响之后,我径直冲出门去,想着反正开完会再回来捡,便全然没考虑那究竟是什么。

火急火燎地赶到学校,我直接被挡在了门外。

“你是哪位孩子的家长?”一位二十岁出头的女教师向我问道。

“我是凯迪尔的姐姐。”

“姐姐?”女教师脸上的五官一下子朝左侧倾斜过去。

我突然想到,虽然我来过几趟幼儿园,但由于园内的安全规定,我从来没有上过楼、进过教室,这位女教师自然不认识我。

“对,我是凯迪尔的姐姐。”我硬着头皮说道。

“你是他什么姐姐?”女教师奇怪地盯着我。

我一排下牙伸出来,轻轻咬住上嘴唇。“就是……就是他姐姐。”几个简单的字眼吃力地从齿间往外挤。

“我是问你是他什么姐姐? 你……是汉族人吧?”女教师耐着性子又问。

“对,我是汉族人,我是他的邻居,他爸妈今天有事来不了了,就委托我过来开家长会,老师您可以把凯迪尔叫出来,他认识我。”

“好,请你等一等。”

不一会儿,老师领着凯迪尔从教室出来了。

“凯迪尔,你认不认识这个姐姐?”老师弯下身,对凯迪尔问道。

凯迪尔不好意思地扫了我一眼,似笑非笑地点点头。

“好。”女教师站起身,舒了口气,对我说,“那你快进去吧,家长会已经开始了。”

一进门,讲台上的老师便向我问道:“您好,请问您是哪位孩子的家长?”我愣了一下,很快回答:“凯迪尔。”

话既说出,一时间,整屋人的眼神都唰地盯在我身上。

听我说完,讲台上的老师也怔住了,片刻之后,她礼貌地说:“快请坐吧,下回注意时间。”

我在最后一排靠过道的位子上坐下,脸上发烫。坐在我身边的是一位汉族母亲,头发棕红色,烫着硕大的发卷,穿一件黑色短款皮衣,露出大红色的毛衣边，一条棕色泛着金光的铅笔裤，紧紧绑在腿上，脚上穿着一双黑色漆皮大高跟鞋。

“那个，老师刚说的凯什么，是你儿子?”她突然扭过头，正脸对着我，问道。我一下蒙了，目光紧紧凝聚在她蚯蚓一样的上下两条淡黑色的眼线上，支支吾吾地说:“不，不是啊，我是他姐姐。”

“那我知道了，我知道了，你是他家保姆是吧? 我也不是贺子涵的妈妈，我是她家请的钟点工。”她亲切地朝我所坐的方向挪了挪。

“不，不是，我不是他家保姆，我是他姐姐，他们家的邻居。”

“嘿哟，你这种人我还真是头一回碰到，你太有意思了。”她扬了扬头，把飘荡在后脑勺上的一把乱发顺势向后一拢，紧凑地问道，“邻居你管那么多干什么? 他们给你什么好处?”她眨巴着亮闪闪的眼睛，像好几部照相机的闪光灯同时对准我。

“没好处。”

“后排的两位家长注意一下，凯迪尔的家长，迟到是不好的，开会的时候说话也是不好的，请注意。”讲台上的老师直直看着我，这一下，进屋的那一幕又只好重新演过。

“是，老师，对不起。”等那些齐齐后转的脸蛋都回正之后，我说道。

接下来的时间里，老师分别说到了作业问题、课堂表现问题、就餐问题，而在每个问题当中，凯迪尔几乎都名列“黑名单”，这样一来，我又再次被各方眼神扎实地数落了一把。

由于数天的东奔西跑、夜晚的失眠，我感到十分疲惫。坐在椅子上，听着老师远远的声音，我的头脑好像堵了的抽水马桶。

“你还说是他姐姐，他现在落后啦，你要多教教他……”

家长会结束之后，坐在我身旁的那位大姐还不忘再嘱咐两句。我欠身对她笑笑，讲了句“再见”之后，她便带着吵架一般飞起的蓬发腾地站起，接着用很响亮的脚步摇摇地走出屋去。走在回家的路上，凯迪尔一手紧抓着我的手，一手举着灰太狼图案的棒棒糖，一边走一边吧唧吧唧地舔。

“凯迪尔，你教我一句维吾尔语好不好？”我问。

“什么？”

“就一句话，你听好了啊，‘请放了我’！”我说。

“kong！”他迅速回答。

“去你的!”我骂了一声。虽然我不懂维吾尔语，但今天家长会散会之后，我看见迪亚尔重重地推了一把凯迪尔，与此同时，毫无善意地掷出了这个词！

”说，它到底是什么意思！”

“屁股。”凯迪尔笑嘻嘻地看着我，太阳在他白净得像面粉袋子一样的面庞上闪闪耀耀。

我安静下来，不再同他说话。突然地，凯迪尔说道：“青青，我脖子后面好疼，我一抓就痒痒的。”

我仍然自顾看着大街上来往的行人，漫不经心地搭腔：“是不是长了小疙瘩？”

“不是……”他回答。

“那我们回家的时候看看那里怎么了好不好？”

“好……我妈妈呢？她还不回来吗？我不想住在奶奶家，她好老了。”凯迪尔闷闷地说。

“你不许再这样说了，奶奶给你买了好多好吃的呢。”

“好吧……”

走着走着,他在一家书店门口停下来,拽了两下他也不动。

“干吗?”我问。

“迪亚尔今天拿了奥特曼的贴画过来,他一张都不给我。”凯迪尔伤心地说。

我看着他仰起的小脸蛋,叹了口气,拉着他进了书店。奥特曼的贴画书就摆放在门边的货架上,拿上书,我们径直走到款台结账。付账的时候,收钱的一位五十来岁的大姐小声问我:“那不是你孩子吧?”

“不是,我是他姐姐。”我笑笑。

“哦,我就说嘛,你们刚刚在门口的时候我就观察,怎么看都觉得不像嘛。”大姐爽朗地笑起来。

我看了一眼凯迪尔,他正在聚精会神地翻看手里的奥特曼贴画书,在翻页的时候,不小心把棒棒糖粘到了书页上。

“青青,怎么办? 粘到一块儿了。”他抬起头,一脸沮丧。

“那能怎么办? 命呗。”

“什么命啊?”

“命,就是活该的意思。”

“哦,那你下次摔倒了我就对你说‘命呗’!”

到了家门口,凯迪尔靠在墙上看书,我则在包里翻找钥匙,可是怎么找也找不见。这一下,我终于记起下午临出门前,从桌上碰掉的东西是什么了。

“凯迪尔,姐姐把钥匙落在家里了。”我说。

“那怎么办? 我们去找我妈妈吧。”他合上贴画书,认真地说。

“不用,我还有一把钥匙,放在另一个姐姐那里了,我们去拿吧。”

“好。青青,我脖子后面又开始疼了。”

“等我们回家之后再看好不好？”

“好。”他顺从地点点头。

跑到朋友店门口，才发现她的店屋门紧闭，打去电话提示说对方手机关机。

“青青，我们要去哪里？”迎着寒风，凯迪尔小声嗫嚅。

我替他拉高衣领，戴上帽子，说：“姐姐带你去买《喜羊羊与灰太狼》的漫画书好不好？你看，迪亚尔每天都带那么多好看的图画书过去，但是你没有，你是不是就会不开心？”

“嗯，会。”

“所以我现在就带你去买呀，然后你明天就可以带去幼儿园了，是不是很好呀？”

“是！”他高兴地原地蹦跳了两下，随即奉献出一场可爱酒窝的激情表演。

听说北京在十月二十九日那天晚上下雪了，下得很大，三天之后还没有化掉。乌鲁木齐却紧扯着秋天不撒手，每当听人说起“哎呀，明天一早应该就全白了”，第二天就一定是个艳阳清朗的好日子。“奇怪，怎么乌鲁木齐有秋天了？”人们在这会儿都这么念叨。夜晚还是冷的，当白昼慢慢地耗，耗向那峭壁、沟壑一样黑秃秃的夜，寒冷就像山涧淌出来的水，漫入了每一条街道。这就是秋冬之际的乌鲁木齐夜晚，没有阳光，不动声色，像马戏团撤走帐篷之后留下的一片不生茅草荒凉的野地。

寒风顶着我的喉咙，使它不时发出阵阵咳嗽，汽车开过的声音稀疏地从远处响起，挨近身边时撩起一阵热闹，接着又迅疾地远远消失了。与其说我俩在相互牵着昏昏沉沉地赶路，倒不如说是在这夜晚、这街道上骨碌碌地滚，像两只掉进阴沟的小耗子，我们滚在沟中。

李叔的推车已经早早地停在那里，小小的书摊挤在两家水果摊之间，抬头即是一间热闹的卡啦啦欢唱城，硕大的广告招牌艳光横流。我从隔壁水果摊的摊主大哥那里借了张小板凳，让凯迪尔躲在一筐苹果后头坐下，他接过《喜羊羊与灰太狼》的漫画书，接着便安静得像从这世上消失了一样。

“李叔，今天生意还行吧？”

“还可以。”李叔头戴黑色皮质鸭舌帽，双手插在裤兜里，一面轮换着抖腿，一面朝我挤挤眼。

“啥书卖得最好？”

“还是那些嘛，秘闻和养生类的，然后就是易经类的、八卦运势书……”

李叔肩膀一耸，清瘦的脸庞上满是笑纹：“手相面相学的书卖得好，我看你也能喜欢看，买本回去看看，要知己知命，方能百战不殆，你说是不是？嘿嘿……”

“李叔啊，命哪是那么容易就知道了？”

“我说你看看《三十必嫁》啊，《格子间女人》啊也可以，女人只要嫁个好男人就有好命了。”

“嗯，找个本领大的，啥都会干。”

“喔喔，找个孙悟空那样的。”

说到这里，我忽地又想起他，先前，我一直以为他是一块隐蔽很深的耳屎，只消狠心使劲掏掏就好了，结果没想到，他其实是耳膜。

街道边，一家废弃的店铺，靠着玻璃门板的地方放着一棵圣诞树，汽车快速开过，车灯打进玻璃门，纷纷扬扬地落在这棵怪模怪样的圣诞树上。破损、蒙灰的树身上缠着银色的“雪”，树顶上，站立着一个金色的天使，赤裸身子，奋力挥动着大大的翅膀，胖乎乎的手中捏着一支锃亮的圆号。

“凯迪尔,你见过圣诞老人吗?”我问。

“没有……”凯迪尔小声回答,“但是,但是我知道他特别老,好长好长的胡子,然后他有好多好多礼物,都是送给小朋友的。就是送给我的……”他眼睛瞪得大大的,用一种孩子一旦说到童话就会出现的神情,庄重地看着我,深深的瞳孔倒映着圣诞树的流光溢彩。

“没有圣诞老人,没有的,其实。”我说。

“真的,没有。”我正说着,被脚底下一块向上翘起的路砖绊了一下。

凯迪尔哈哈笑了:“活该。”

“你说什么?”

“哦,不对,命呗!”

回到院子的时候,朋友的店已经打开了,她正在里面打扫卫生。从她那里取到钥匙,我和凯迪尔溜溜达达地回了家。上床睡觉之前,替他脱下衣服的时候,我突然看见他的内衣领上钉着一枚又长又硬的化纤标签。

“青青,我的脖子好疼。”凯迪尔轻轻地摸摸脖子,扭头看着我。我轻轻地转过他的脖子,发现有一块皮肤红红的,像是擦伤了。我这才记起,他已经不是第一次对我说脖子疼了。

“对不起,凯迪尔。”

“咋啦? 为啥?”

“没啥。”

凌晨两点,我从梦里醒来。

彻底清醒之后,我失神地坐在沙发上,突然完全记不得这几天都做过些什么、和谁打过交道。只想到你,想到远离我的你,你不会看见我,不会看见我坐在这里想你,怀揣湖畔之上萦绕的柔光。再说,你不是我,也不会真的了解我想你的这一切。

但是，为什么我还要哀伤呢？

要是你知道，来说给我听听。

告诉我，为什么当我失意时，

连这些树木也都好似病倒了？

它们会和我同时死去吗？

天空会死去吗？你也会死去吗？

很想给你打去电话，于是真的打了。

我把电话，

放在嘴边。

喂，是我。

你知道吗？你笑了，你刚才说话的时候，我以为是圣诞老人。

我也笑了，你听过圣诞老人说话？

对啊，就和你刚才说话一模一样，

一开口说话，还能听见有那个背景音乐，叮叮当，叮叮当，铃儿响叮当，就是那个。

我扒火车时，

你在家午睡；

你日夜在高档餐厅吃饭，

我勉强买得起一个油馕；

你每天关注世界新闻，

我连自己都顾不过来。

我说新疆风光甲天下，不来是傻瓜，
你在电话那头沉默，
闭口不答。
我问你还要这样劳累工作到何时，
你说，你不如问我什么时候倒头就死。
我不敢再多说一句瞎话，
而你点着雪茄，掐断电话，掉头走了。
世界垮塌了，
我和电话扑通扑通掉进去年一本圣诞忆旧集。

五、青山不碍白云飞

我们谁也不知道阳阳的真名，只不过乌鲁木齐华凌三楼家电层的男人女人们都这么叫他，于是我也客随主便，叫他阳阳了。

他老板的店就在振帆店的斜对面，振帆困倦地坐在椅子上，一脸厌恶地对我说："青青啊，阳阳特别讨厌，你少和他来往。"

"阳阳挺好的，不讨厌。"我说。

"你知道吗，今天早上他过来，十分严肃地跟我说，蔡振帆，我有个事跟你说。我就问他，什么事啊？他说，我给你两百块钱，你晚上跟我回家。"

振帆叉开腿，空踹了一下："他妈的，气死我了！我就说，牲口！老子就值两百块钱啊？他就说，你以为？就你这张脸，给你两百块钱已经很给你自尊了！靠，气死我了！"振帆说完，大大地打了个哈欠。

华凌最近生意兴旺，振帆每天早上九点半起床，晚上忙于应酬，待到睡觉的时候，一般已是凌晨三点多了。但即便如此，我们还是坚持熬上一锅电话粥，聊他白天碰上的客人、做成与没做成的生意、受到的教训和点拨。比如他会对我说："我今天和毛子做成了一单生意，你知道是怎么做成的吗?"我这种负责任的好听众自然就会亢奋，躁动不已地高声说道："不知道啊。"于是他就笑了，用冬天窗玻璃上水汽般的声音说："今天，店里进来一个毛子，在店里转了两圈后就往外走，我就叫他，说：'老兄，你觉得我店里的东西不好吗?'他说：'不是，你店里的东西不错。'我说：'既然不错，为什么你还要走呢？坐下聊聊吧。'我把椅子搬开，给他叫了一瓶茉莉清茶。他说：'老弟，这么说吧，你卖的这些牌子太大了。我是吉尔吉斯斯坦的，说实话，来中国进货是要拿回我们那儿去卖的，你卖的彩电是高端品牌，但在我们国家是没几个人认这些牌子的，绝大部分人都会选择海信和海尔中便宜的，大家都认这两个牌子。'"说到这里，振帆停下来。

"青青你在听吗?"他问。

"在听，你接着说。"我回答。

"好，我接着说。听他说完，我突然想到一些话，于是我就和他说了。我说：'大哥，你说的我也知道一点。确实，在吉尔吉斯斯坦，老百姓非常认可中国的海信和海尔这两个牌子，但换句话说，是不是等于你们国内彩电行业的所有人都在做海信、海尔？也就是说，国内市场已经接近或者说早就已经到饱和状态了，这个时候，如果你继续做这两个牌子，除了打价格战根本没有别的出路。对吗?'然后，他就回答说：'对。'我接着和他说：'大哥，你听我说完一句话，说完之后，你再决定买不买我们的彩电。'他就说：'好。'我说：'诺贝尔经济学奖的获得者博尔在一次演讲结束之后，接受记者提问，有个记者问他，博尔先生，请问您是如何始终站在世界经济大潮的风口浪尖之上的呢？博尔就笑着回答，因为世界经济的大潮从来都是由我掀动的。'听我说完，他就问我：'我听懂这句话了，但你想对我表达什么意思呢？'我就说：'你们国家目前只是还没有人有这个胆识和魄力去做高端品牌，并不代表没有巨大的市场，每个国家都有富人和穷人，在穷人身上赚钱，就像从鳝鱼身上拔毛，累死也挣不到钱，但是如果这次你敢做，那么日后这个市场上，你就是领头羊，你说了算。'我说完之后，大概十秒钟吧，他说：'好，小兄弟，但愿你刚才跟我说的话能尽早实现！'"

振帆说完了，对面是一阵很累的清嗓子的声音。和他在一起，我每天都有这样的故事可听，无论是他的，抑或别人的，关于财富、创造、智慧、心机……那些缜密的心思、兴奋的陶醉、冒险的话语，就像奔跑的豹子、儿童习字时所画下的横杠杠。每一出算计，每一个灵感，都在我朋友振帆聚精会神的额头上，在各家店铺的门板上，在乌鲁木齐熟悉的巷道上、扭捏展开的马路上，闪烁义无反顾的希望之光。

在振帆看来，虽然阳阳与他一样，都在相同的地方工作，但阳阳可以说完全不是个有热情的生意人。

第一次见阳阳，是在三天前，那时我到振帆的店里给他送书，碰巧阳阳正在振帆的店门口表演"站街"。后来我才知道，这是阳阳每天的保留演艺项目，只要有华凌同行刺激他两句，他就会兴致勃勃地为大家来上一段。当时，他像一根吊在干藤上的蔫丝瓜，极瘦削的身体上罩着一件深紫色V领毛衣，一条松垮的水洗白牛仔裤，一双看不出牌子的白色球鞋，汩汩冒出发旧的黄——极其萎靡不振、不登大雅之堂的尿汤色。在阳阳左手的小拇指上，晃动着一串亮闪闪的钥匙，右手插在裤子口袋里，右脚向后撩起，脚尖一下一下地磕着地板。

阳阳一面和周围人说话，一面花枝乱颤、风情万种地扭动腰身，像风中的树枝，再落上一只小鸟的重量就要折断了。

在他对面，站着几个店伙计，饶有兴致地看着他，看他大大的眼睛里像燃烧着一团塑料薄膜，不断地冒着浊气。

见我走进店里，振帆迎过来叫我，站在门口的阳阳也看见了，他瞥了我一眼，不动声色，顺势歪着身子翩然栖落在店里的椅子上。阳阳捏着兰花指，伸出的手臂柔美如鹅颈。

“这是我朋友，青青。青青，这是阳阳，在我对面那家店上班，你把他当姐姐就好了，他晚上在夜店有演出，等我忙过这几天，我们一起过去。”振帆说道。

阳阳庄重地伸出手，说：“大名阳阳，艺名白云飞。”

“白云飞？”我问。

“朋友起的。哎，青青，你真的是菜包子的朋友吗？”阳阳把脸侧向一边，睥睨地盯着我。那串亮闪闪的钥匙一直在他指头上纠缠。

“是啊，很好的朋友。”我回答。

“你怎么会和这么土的人交朋友啊？”他问。

“啊！”

“你知道蔡振帆在我们这儿大家都叫他什么吗？”阳阳的每一个眼神都不落空，变着颜色地花样翻新，“蔡金链子！从他第一天来华凌上班，哦哟，天天脖子上拴着一根这——么粗的大金项链，老远就看见那金子闪呀，我现在想想还是眼睛疼。如果不是他运气好，上个月金链子丢了，我现在只能上大街当阿炳了。”阳阳飞快地说着，“还有呢，你看他腰上这根皮带，了不起，LV呢，四千多块钱！我老跟他说，哎，帆帆啊，下回你要是路上遇着人打招呼，你老远就先把肚子挺出去，然后说，嗨！您好吗？我这根皮带可贵了呢！”

阳阳说着，便扑倒在蔡振帆的肩膀上。

蔡振帆腾地站起来，一把拎起阳阳，猛地一下把他推出了店。“滚！”蔡振帆笑着，语气带着硬邦邦的威胁。

阳阳站在店门口，双手叉腰，软绵绵地回应道："你以为有钱就有脸吗？像你这种暴发户土包子，就算浑身贴满人民币也还是那么廉价。回头你娶媳妇装修房子，就用美金、欧元糊你家墙吧。哼！"

"哎，我不穿的那几件衬衫已经给你收拾好了，什么时候要就赶紧吭声，我从家带过来。"振帆说。

阳阳又带着如万贯家财在一场大火中悉数丧尽的迷离神色跑进了店里，一把搂住振帆的脖子，侧脸紧紧贴在振帆的后脑勺上说："我就知道你疼我。"振帆使劲挣脱开。

阳阳突然安静下来，扑通坐进椅子里，双手交叉，轻轻将下巴搭在手背上，双眼迷迷烁烁地说："是啊，做我们这一行的就是命苦，不像你们这些公子小姐，哦嚯——命太歹了哎！"说完便起身走了。

振帆回到椅子上，看着我说："你觉得他有意思吗？"

"有意思。"

"其实他特别命苦，他刚生下来妈就死了，他爸又娶了一个，但是那女的从小就得了小儿麻痹症，不会走路。阳阳出来工作的第三年他爸又死了。他告诉我，他以前不是这样的，后来才变成这样了。他口才特别好，谁都说不过他。我们俩身材比较，我是说比较接近，所以他问我要旧衣服穿，但他特别唠叨，拿了衣服每回还骂我。"振帆又打开一罐咖啡，打从我进到店里坐下，他已经喝下两罐子了。

"别喝了，巴尔扎克就是喝咖啡喝死掉的。"

"巴尔扎克？他演过什么电影？"

"他不是演员，他写过《人间喜剧》。"

“哦,编剧啊。”

晚上在家,随手翻开一本讲禅宗的书,越读越觉得有意思。在第一百三十七页迎头撞见一个故事。

神会问六祖:“佛法根源从何处出?”祖曰:“若论佛法本根源,一切众生心里出。”

道悟又问:“如何是佛法大意?”师曰:“不得不知。”曰:“向上更有转处也无?”师曰:“长空不疑白云飞。”

白云飞,听着像一阵可怕又凄凉的服丧的雨,鸿蒙寥廓,天地俱不醒。

半夜,天空飘起大雪,万事万物都已沉入昏沉醉梦。第二天清早,我跑去了修建在水磨沟公园后门的清泉寺。雪还在似泼墨般的气势下着,天懒云沉,石颓山瘦,寺庙里寂静空旷,渺无人烟。

走下大殿石阶的时候,碰巧遇上外出归来的住持寂仁师父。

初识寂仁师父是上个月的事情。某天,我陪生病的古阿姨到庙里烧香,她的眼睛已经基本丧失视力,我搀扶着她,慢慢走进寂仁师傅的房间。

“寂仁师父,我这辈子也没干过一件伤天害理的事情,为什么变成个老瞎子? 生活不能自理,老是得麻烦别人,是不是我阿弥陀佛念少了?”古阿姨问。

寂仁师父哈哈笑了,说:“你都到这个岁数了,得病是很正常的事情,我也有糖尿病啊,一下跪磕头就头晕。你是不是眼压很高?”

“就是,住了一个月医院了,眼压还是下不来。”

“哎呀,你这人啊,我一看你就是性格太强了,肯定风风火火了一辈子,啥事都要最好,要个完美,所以到老了,身体就吃不消了,眼压高也是很正常的,你不必太焦虑。”

“我多念念阿弥陀佛能不能好？辛苦了一辈子，没想到到老了再多的钱也花不动了。”

“要是光靠念佛就能治病，那医院就全拆掉盖寺庙了。”寂仁师父笑着说，“百病都可心药医，你这就是要强要出来的毛病，你说凡事能有多完美？你的日子够不错了，出门车接车送，在家有人服侍，应该想着知足常乐呀。”

“嗯，好，我就每天念他个八万遍阿弥陀佛。”

寂仁师父愣了一下，接着慨叹着摇摇头：“哎呀，你本来就上火，再念个八万遍，口干舌燥，茶饭不思，不就更好不了了吗？不要在意到底念了多少遍，念经、念佛号也只是为了静心，你要是带着任务念，如果任务完不成，你不就又动气了吗？”

“对，对……”古阿姨失落地笑笑，张嘴叹了口气。寂仁师父只是静静地微笑着坐在那里，不再发言，之后，我们便起身告辞了。

一开始，我以为寂仁师父不会记得我，没想到他看见我之后，便招呼我说：“这么大雪还过来了啊？进屋暖和一会儿再走吧。”

“好。”我又转身跟着寂仁师傅爬上了石阶。

“你那个阿姨好一些没有？”

“没有，还在住院呢。她只是觉得她一辈子没做坏事，不该得这种病，太不公平了。”

“唉，世上哪有那么多绝对的公平呢？如果实在要讲公平，出了清泉寺左转，一直往东走，到东山公墓去看看，这世上只有那里最公平。”

告别寂仁师父，即将要下山之时，我不自觉地想起古人一句感慨，即：世无花月美人，不愿生此世界。

走出庙门，路上一片昏黄的大雾，不见有车经过。等了将近半小时，终于见到有车灯明灭，一辆黑色桑塔纳缓缓停在我跟前。

“到哪儿？”司机是个三十岁左右的男人，光头，戴着一顶呢料灰白格鸭舌帽，穿一件黑色皮衣，一条灰色牛仔裤。

“去华凌商贸城。”

“上车。”

“您这是什么车？”

“便民车，不过是要收费的便民车。”他真诚地看着我，一手搭在方向盘上，一手搓着光滑的脸颊。

“多少钱？”我问。

“到了再说。”

上车之后，我在想自己是不是太缺乏考虑了，但我实在太累了，我闭上眼，又试着想了想，我确实需要这样一辆车，快快将我带离那里，可以自己待一会儿，暂时用不着说话。但很快地，我就发觉自己想岔了。

“人家都讲究初一、十五烧香拜佛，你怎么今天来？”鸭舌帽问道。

“只是来公园转转，喜欢人少的时候来。”

“你信这个？还是像我和我兄弟似的，遇上事儿了就跑过来求爷爷告奶奶？”

“只觉得这样一个清净的环境很舒服，喜欢看看来往的人，听他们聊天。”

“我告诉你，我早先不信佛，去年我一兄弟过生日，他、我，还有一个从小玩儿的朋友，我们仨一块儿约着来清泉寺上香。上完香，山脚下不是有那些小摊子吗，我就在有家摊子上顺手拿了一块玉，那种东西又不值钱你知道吧？”他兴奋激动地看了我一眼，“根本不是好东西！然后我拿了就装在兜里，送给过生日那小子。我说,哎,你今天过生日,送你个小玉佛,你好好挂着啊。他当时很感动啊,就戴上了。然后你肯定都不相信,第二天,我这兄弟就出事了,住院缝针,整个人都皱了哎。"鸭舌帽接着说,"他妈的,我从那就知道了,这玩意儿太灵了,不服不行。幸好我当时给他戴上了,如果我自己留着,肯定也会出事。"

听他说完,我说不上是好笑还是恐惧。我们在大马路上平稳地前行着,看雪花不遗余力地扑向车玻璃。

"给多少钱合适?"

"这么着急啊?还没到呢。"他笑着说,顺手拧开广播。

"我想先把钱预备好。"我说。

"四十。"他说。

"四十?"

"对,四十。"他说得干净利索。

"怎么要得了四十呢?"

"你平常坐过我们黑车吗?他们给你什么价?"

"出租车价。"

"小妹妹,我们冒着罚款坐牢的风险开便民车出来,方便你们出行,你们就只给个出租车的价钱,这是违背良心的!你老想着占别人便宜,不想被别人占便宜,你这叫积德行善吗?我们不容易,就靠这点收入赚个医药费,你还跟我讲价钱,哎呀……"他摇头晃脑地唉声叹气,好像我是他犯了错误的亲儿子。

"行,四十。"

"哦哟!也太爽快了吧?吓我一跳。"他挑眉瞪眼,左手摁住胸口,装作受了惊吓的样子。

广播里,主持人在接听脑筋急转弯的听众热线,主持人的问题是:大家都知道刘德华有首歌叫《忘情水》，那么请问，忘情水是谁给的呢？

有位王小姐拨打进热线，说："是'啊哈'给的，因为，歌中唱道'啊哈，给我一杯忘情水。'"

这题答对，宾主尽欢，可主持人又问了："那么王小姐，你知不知道'啊哈'又是谁？"

王小姐支吾半天之后，只得作罢。鸭舌帽腰板弹起来，一拳捅在调频器上，以天雷勾动地火之势大喊道："我知道啊！'啊哈'就是刘德华她娘嘛！小妹你听过那歌儿吧？'啊哈，这个人就是娘，啊，这个人就是妈……'劳道吧？哈哈！太劳道了！"

店里，我将寂仁师父赠的《金刚经》递给阳阳，他恭敬地接过经书，微笑着细细翻看。振帆凑过来，问我："青青，你怎么不送我一本呢？"

阳阳白他一眼，拿胳膊肘顶了他胸口一下，说："佛教的书太深奥了，你怎么可能看得懂呢？估计你连这里头的字都不会念。"

"我动动脑子就都认识了！"

"哎哟我的路易威登·蔡少爷啊，你那左边脑子里装着水，右边脑子里装着糊糊，所以千万别动脑子，一动就是一脑子糊糊……"

振帆捂着胸口，笑趴在了桌上，随后又张嘴打了个很大很大的哈欠。

店里进来了三个客人，振帆看着赶紧迎上去，桌边又只剩下我和阳阳。

"青青，如果没有释迦牟尼佛祖，我早就死了。"阳阳看着经书说。

"怎么说？"

"我酒精过敏，有一次，我们老板把我叫出去，夜总会的老板，让我招待一个客人，那个屄非叫我喝酒，不喝不行，我就喝了两杯，然后嘭地从椅子上一头栽到地下，什么也不知道了。我朋友叫了救护车，把我拉到医院抢救。其实我一直有知觉你知道吗？他们任何人对我说的任何一句话我都知道。我知道我妈来了，坐在我的床旁边，但我就是说不出话。而且你知道我看见什么了吗？就在病房门口，站着两个人，穿着一黑一白的服装。”

“那是黑白无常。”我说了句废话。

“过了一会儿，我爸我妈也过来了，说要来接我走，我当时听着特别高兴，赶快答应了，说愿意跟他们一起走，然后就走了。走啊走，走啊走，太漂亮了，我觉得那肯定是天堂，那个建筑，那种美是你无法想象的，还有花香，太香了。我和他们聊得特别好，聊我现在的工作啊、感情啊、朋友啊，什么都说，三个人一路走一路说，特别热闹。但是走着走着我就觉得不对了，他们都死了啊，如果我跟他们走，是不是我也就死了呢？我不能死啊，我还有一个活着的后妈呢，我死了她怎么办？于是我赶紧掉头就走，招呼都没打，我听见我爸妈在后头叫我，但我还是一直跑一直跑，突然就跑进了一片漆黑，黑，光是黑，什么都没有。我觉得肯定是要死了，就这个时候，我耳朵边上有了佛乐，一直唱，声音越来越大，然后我一抬头，看见释迦牟尼佛祖的脸。他说他为我铺了一条路，让我心无旁骛地专心走，就能走出去了。果然眼前出现了一个很小很小的发光点，我想那肯定是出口，就开始走，一直走，一直走，然后我就脱离危险了。”

阳阳的嘴唇嚅动：“后来我妈跟我说，说我昏迷的时候一直拿手按着佛珠，中间还猛地拽了一把，但是没有拽断，我估计那会儿如果佛珠断了我就死了。”

“你能不能告诉我，你信的这个佛是什么样子的？”

“我这么跟你说也说不明白，我给说个别的事儿吧，说完你可能能明白点儿。”

“好。”

“我有一个姐姐，她一个朋友在上大学，看杂书看到走火入魔了，每天找我姐，一会儿说她看见佛光了，一会儿说看见佛祖显灵了。我姐就找我，说，阳阳啊，你能不能帮忙给整治整治？我就答应过去看看。我就问那个女孩，我说，你什么时候见到佛了？她说，做梦的时候。我接着问，那你见到的佛是什么样的？她说，佛的金身，佛身后头光芒万丈，刺得我眼睛都睁不开了……我立马打断她，说，好了，你什么都不用说了，所有刺眼的东西都是假货。”

“我懂了。”我说。

“你不懂。”他说着笑了，“我有个朋友，从小父母双亡，就在寺院长大，后来流浪，跑到乌鲁木齐。有一天，他说，我要出家了，然后就从清泉寺出家了。今年那个佛学院考试，他是第二名。”

阳阳忽然不住地笑起来，整个上半身都在前后晃动：“再说个有意思的，给我爸办追悼会那天，我们夜总会那票人去帮忙。我的天哪，整个搞得像一台联欢晚会，一个比一个能演，哭得呀，比喜儿还惨。我妈看他们哭，还反过来安慰他们，说，别哭了，哭伤心呀。”

“阳阳！阳阳！别聊了！”阳阳的同事木拉提打着地板滑儿杀到店里，拼命冲他招手示意。

“振帆，我们晚上去看阳阳的演出吧。”振帆刚刚做成一单生意，心情大好，便请我到茶厅喝茶。

“不要。”他说着，把腿架到另一条腿上，两只手臂向后张开，搭在椅背上。

“为什么？”我问。

“我扇了他一巴掌。我在那讲电话，本来耳朵边上就吵，他还非凑过来，一顿瞎闹，气得我回头打了他一巴掌。他也回了我一个，骂我有病。然后一下午都不理我，我都到他店里去三趟了，他每次都说，蔡振帆，我懒得理你，滚吧。”

我笑了，拍拍振帆的肩膀，说：“没事的，我们去给他捧场，他就高兴了。”

“好吧。”

“和我说说今天的生意吧。”

只要谈到生意上的事情,他从来都是不厌其烦。他直起身子,朝前挪了挪座位,双臂交叠放在桌上,开始说了:“今天中午,店里进来五个人,看他们的长相吧,是中国人,但是他们的中文说得都不标准,俄语说得很漂亮。后来聊天的时候,知道了他们原来都是回族,家里几代人一直在伊犁,后来为了躲避战乱,就跑去了俄罗斯,然后一直在俄罗斯生活。再到后来呢,我们双方有一千五百美金的利,谈不妥了,谁也不肯让步,然后我就提议说,既然大家都累了,就干脆先休息一会儿吧,喝口水,放松一下,聊点儿别的,然后再谈这个钱的事情。他们说:‘好,可以。’聊天的时候,中间有个人就问我,说:‘哎,小伙子,你的俄语怎么说得那么好呢?’我当时也累了,懒得动脑子,差一点就说,因为我从俄罗斯留学回来呀。但是,就是那一刹那的工夫,我把嘴闭住了,我想了想,跟他很真诚地说:‘你知道吗?回族是个很聪明、很智慧的民族,它懂得如何做好生意、做好人。和你们一样,我的父母,当然还有我,我们一家人都是回族,所以我知道应该把俄语学好,这样才能把生意做好。’我说这话的时候,他们都在听,等我说完,他们就说:‘好,小伙子,这一千五百块的美金归你了。’”

“真好。”我说。

振帆笑了,笑得像水、空气、草地和蓝天。他低下头,摆弄着杯子,半晌,小声说了句:“走吧,找阳阳去。”

这也是一个黑漆漆的场子,灯光喘息如丧家犬,笨拙的爪子挠过一切和谐相配的肉体,惊奇,烦闷,神志错乱。阳阳挽着蔡振帆,我跟在他们身后,坐在离长条形舞台最近的一张台子上。

阳阳穿着表演贵妃醉酒的服装,爬上舞台,大喘气地说:“今天把胸垫沉了，只好爬着走。”

不得不承认，涂脂抹粉的白云飞确实惊艳，每一个细微的眼神、轻微的动作，都宛如一朵怀有慈悲之心的云。

台下接连响起一片起哄的声音，白云飞连连摆胯过后，指着台下的一个胖子说：“别人接着叫好，就你，你给我收声。你看你，要是按照自然规律长，肯定长不成这样！”

话落，又是一片叫好。

“各位好朋友，我有本事把男人折腾得思想混乱，精神错乱，家庭离散，一次性完蛋。连我自己都觉得应该把上海东方明珠电视塔给顶头上，压一压这一身妖气。”

振帆笑得一口酒没含住，哗地吐在我的外套上，我俩却都是笑得更欢闹了。话毕，云飞扭头往回走，准备对口形开唱。他那男儿身妩媚地走着，似是拼命压制一种自然的生理力量。这是他的职业，他必须用小刀一点一点地剃掉这些筋骨、肌肉，像一位死了孩子的母亲，从墓地沉沉地往回返，颠着一对浑圆鼓胀的乳房，却得想尽法子将它们慢慢挤空，变成挂在墙壁上落灰的酒囊。

有一回，云飞对我说到他的爱情。他说：“此生到目前，就爱过一个人。”我问他：“然后呢？”他说：“然后？没有然后啊，我们俩谁也不服谁。但是我俩又谁也离不开谁，从分手到现在，每年她都会有一个月心情不好，然后这一个月里的某一天，她会给我打一个电话，和我聊天。有一次，她说，云飞，你说实话，你一年四季三百六十五天二十四小时不关机是不是为了我？我说，是。她说，我们还能不能在一起？我说，不能。”

“我很现实，但我女朋友特别浪漫。有天下大雪，她站在雪地里，拿雪球砸我家窗户，结果把我家窗户砸了个窟窿，那天，我和我妈差点冻死。她光记得点烟火让我欣赏，结果连修窗户的钱也没给我。我大半夜的还得多跑一个场子，才能把一块完整的玻璃钱给赚出来，这种人，我再爱她也没法和她一块过。到我家来玩的朋友都知道，千万别买花，买水果，就买最实在的，要么带食用油，要么买米买菜。”

“那我下回给你拎袋面粉过去。”我说。

“不用了，你已经帮我大忙了。行了，我不想欠你太多。”

云飞说的这个忙，是让我帮他想一个墓志铭。他说，人一辈子，到死了总不能把个LV的商标刻在墓碑上吧？得找句有档次的话刻上，这样自己住着舒服，别人看着也舒心，不至骂一句“死了活该”。

我给他找来一首诗，他看完之后很满意，把诗塞进了钱包。我给阳阳找的那首诗全文如下：

这个姑娘死了，死了，死在情场上。
他们把她埋葬，埋葬，在黎明时光。
他们让她独寝，独寝，装饰得漂亮。
他们让她独寝，独寝，在棺材中央。
他们回来，高兴，高兴，趁白昼晴光。
他们唱得高兴，高兴：“都有这一场：
这个姑娘死了，死了，死在情场上。”
他们又去种地，种地，像平常一样。

这是我能用自己的专业知识为他做的唯一一件事，我可做的事情可说是少之又少。在与他们相识、相处的过程中，我越来越看清自己的无能，甚而觉出笔下功夫的浅薄。许地山曾写过一篇叫《愿》的小文章，中间有段写道：

"在这树荫底下坐着，真舒服呀！我们天天到这里来，多么好呢！"

妻说："你哪里能够……"

"为什么不能？"

"你应当作荫，不应当受荫。"

"你愿我作这样的荫么？"

"这样的荫算什么！我愿你作无边宝华盖，能普荫一切世间诸有情；愿你为如意净明珠，能普照一切世间诸有情；愿你为降魔金刚杵，能破坏一切世间障碍；愿你为多宝盂兰盆，能盛百味，滋养一切世间诸饥渴者；愿你有六手，十二手，百手，千万手，无量数那由他如意手，能成全一切世间等等美善事。"

时至今日，我都能回想起当初看到这段话时的内心悸动，然而，如今我所做的，能做到的，却只是匍匐围绕在众生怪梦的脚边，进入不了命运统管的领地。

没错，我的理想从许地山的妻那里跑开了，我可以诚恳地说我愿意为了全世界人民去死，但很现实的，我不会让阳阳的痛苦陪我过夜。我只是，需要搞点儿建筑材料，七盖八垒地写点儿什么，如是而已。

在又大又冷的世界上他们什么也不是，只是红花般的《意林》小故事。在极度的复杂情感中，歌唱不出声，精致如玉的艺术工作停止了。而我们，亦如同云朵，在世间，匆匆而过，心中满是痛苦的威力。世界之大，雪花之大，我们并非一无所知,然而,这又能起什么作用？皓月如炬,却照不逾一面窗玻璃。

我问阳阳:“你叫白云飞,是不是因为有一句诗叫‘长空不疑白云飞’?”

阳阳回答:“不是,我喜欢的那句诗,叫‘青山不碍白云飞’。”

子　夜

——月之光照

我是在一个秋日深夜，从宣教导员那儿听到这个故事的。窗外，细雪像岩层中的云母晶莹烁动。我们坐在机要室里暖意融融。视线所及，有幽暗天色及远山的隆起。

一九八八年，我七岁时的一个晚上，在陇南藏区农林局工作的爷爷在饭桌上说，他退休后腾出来的位置要给我小叔。小叔天生腿疾，还未娶妻，需要一个铁饭碗给他装门面。父亲沉默良久才发言。提了两个问题——

兄弟俩谁为这个家出力最多？

他能得到什么？

父亲带着我和母亲回了家，小坐几分钟后指挥我们打包家当。母亲扛着我去够挂在墙头的一条牦牛尾时，父亲走过来捣了我一把。

他们给的一件也不带走。父亲说。

当夜，父亲扛上箱子背起包，带我和母亲离开了村子。在汽车上过了好几天黑白颠倒的日子我才弄清楚，父亲带我们进疆了。

到了阿勒泰，我们借住在团场一间每逢下雨就化进地里半截的土屋。屋外的空地上开着花，花朵有碗口那么大。班里其他孩子在每周两节的劳动课上学习“劳动”，而我缺课的那些日子，清晨就和母亲赶到集市，等待挑选劳动力的工头过来带人。母亲大多争取工地上做饭、扬沙拌水泥、弹棉花套的活儿，我在掰玉米、挖甜菜的队伍里算一把好手。要是少喝几口水闷头快干，还能赶回学校听下午后两节课。村里有人来找过我们，说想帮一帮，被父亲几句客套搪塞了。等人走后，父亲就会说这些人都是来设套的，亲爹都会算计你，外头会有好果子吃？

有天我和母亲领了当天的工钱，在凉皮摊位前买饭。听见有人跑过来喊，说让我们快去乡卫生所。父亲包了辆拖拉机在河边运砂石，车翻了，肚皮被刮开一道口子。父亲捂着肠子自己往卫生所走，倒在路上被人抬进去了。可等他醒来，睁眼就大骂我们不先去看拖拉机，在这看他做什么。

我老在课堂上睡着。一天下午，班主任课后留下我谈话。我和她讲了这段日子父亲正在康复，我得和母亲一起打工，等父亲恢复劳动力，就能专心学习不打瞌睡了。班主任告诉我，她已经和我母亲说好，最近就先在她家里吃住，补上这阵子落下的功课。

那是黄金般珍贵的日子。一天晚上，我带着饱餐后的满足翻开课本，将那些字词看了又看，之后昏沉起来。半梦半醒，看见一个女孩走到近前，连衣裙的鹅黄色珠片鱼鳞般闪烁。她探过脸来，我感到那细长睫毛扇动时带起的微风。一年多来，我几乎每天在班里见她，像其他孩子一样“躲”着这位班主任的女儿。这却是第一次在睁不开眼睛时看见了她。

我母亲对老师一家感恩在心。父亲坚信，那善意是有待识破的圈套。

高考后，我填报军校志愿。她随我报了一所临近的大学。

四年间，我父母将家搬去库尔勒，代一位外地老板看护他的度假房，做一些卖力气的招待工作。她父母则搬到乌鲁木齐,等她回乌市工作。

毕业前,我确知要被分到南疆时和她提过一次分手。她仍和小时候一样,看起来听不见一切不想听的话。

她比我预想中坚持得要久。

我工作第二年临近新年的时候,她的手机忽然打不通了。我给她母亲也就是我小学时的班主任打电话,也无人接听。

这种女友突然消失的事在连队见怪不怪。用战友们的话说,人家要走,还欠你一个招呼吗?

我也索性关了手机。

一天中午,连队文书跑进班里叫我快去值班室接电话。电话是小学同学打来的,说她和她母亲出了车祸。

连长派连队的马倌骑马送我下山。

我将胳膊紧紧箍住马的脖颈,在狂风中俯下身体。暴雪崩落,天光明灭不定。走到一处下山口时,路已被填平了。马倌的脸在防寒面罩后面抽动,稍后他的声音传过来。

没路了排长。

我侧了个身从马背上溜下去。爬起来解下背囊。

你把我推下去。

我跪下趴进雪里,朝马倌指了指腰。

马倌先试着推我,推不动,只好在背囊上给了一脚。我滚了十来米停下来,爬起来看,山坡上的马倌和两匹枣红马只剩薄薄的灰影。

我循着兵团连队的灯光朝前走。严寒加剧,感觉全身的皮也冻得又硬又厚。弥漫一切的大雪盖住了所有动静,只有脚底下嘎吱嘎吱的雪在叫。

我在一个积满淤泥的坑底里迈着腿。

半个月后,我在分区的招待所住着。等待送菜车一同上山回连队。

隔壁住了一个工作组,刚处理完一起部队军官和地方女性的情感纠葛。有天晚上我在楼下花坛跟前抽烟,一个工作组的干事过来向我讨烟。我给他点了个火,俩人蹲在那儿聊起来。

干事和我说,那名军官原是分区人力资源股的一名干事,工作能力强,为人谦和讲规矩,从上到下的评价都可以。他有个女朋友,谈了两年,身边人也都知道。可从去年年底开始,他开始朝大伙大笔借钱,说女朋友得了绝症,要在北京治病。刚开始大伙很同情他,还主动发起过募捐,筹了一笔钱给他。但过了两个多月,他开始透支工资,还向人借了高利贷,写了血书。有人给保卫股反映这个事,他们就开始介入调查。

不久前,他们去了一趟北京,调查了这个小伙子所谓的女朋友。发现这女人只是做了个阑尾手术,压根没别的毛病。还有她的年龄,明明三十五岁了还告诉这小伙子自己二十七岁。她当着调查组的面很快承认自己有欺骗行为,但小伙子给她的四十多万元她已经花光了。

调查组的人将情况反馈给这个小伙子,表示可以找这个女人户籍所在地的派出所配合协查取证,如果他想讨个公道或者追回损失,可以告她诈骗。

然后呢?我问调查组的干事。

调查组的干事说,屁个然后,就是个奇葩,小伙子说钱不要了,这女人的事也让我们别再追究。

他说即便是骗，也是拿真实感情骗的，值了。

我把烟掐了，回想在走廊上见过的那张被欺骗的脸。那张脸上没有任何不满，连一点对不满的掩饰都没有。

从前，我以为像我这种人是做不了恶的。从小家贫，长大了侥幸抱上个铁饭碗，才圆了父亲惦记大半辈子的梦。哪有多余的心力和资源去伤害他人？

眼下才意识到，再一无所有的人，也能凭着“不信”让人如坠深渊。那天我在雪里挣扎前行，赶回我们一同长大的地方，但葬礼已经结束。她的父亲告诉我，他想等一等，可惜她们等不了。

那一年，有一片高海拔地区划归南疆。那个被骗了的幸福的军官，申请调往海拔最高的连队任职，欠单位和战友的钱，从他的工资里按月扣除。

深羡仙家有定期，可怜芳谢靡归时。

层云峡外多年梦，空佩至今犹意疑。

这是前几日七夕夜里，宣教导员发在朋友圈里的一首他写的诗。我留言了几个鼓掌的表情，他随即发来信息问我的近况。我说此刻正在一座哨楼跟前“晒月亮”，抬手拍了一张照片发过去。

十几分钟后他回复两句话：

愿这月为我生下一颗新的心，

新的血液不停在浊流中涌动。

停云霭霭

一

下午两点过五分，利文看到滚动屏幕上显示母亲两个多小时的手术结束了。在手术区大门一侧的家属谈话间，双眼内眍的主治医生叫利文凑近区隔玻璃，看他端上前的一个不锈钢托盘。主治医生戴着沾血的橡胶手套，指着托盘里的楔形肺叶，说这是从你母亲身上割除的长有肿瘤的部位。

主治医生贴向玻璃，鬓间白发从耳罩拴绳、绿色手术帽和耳尖相交的地方钻出来，以眼神示意利文继续看这片肺叶，点着一处凸起说，十五毫米的肿瘤在这儿，你可以拿手摸。利文摇头说不用。“那你拍照吧！”主治医生对利文说，“现在急冻送去做病理，她是军属，三个小时出结果。我们尽量少地切了她右下叶肺的四分之一，做得也顺利，不太会影响她的生活质量。”

主治医生撤开托盘告诉利文，一两个小时之后她母亲才会麻醉清醒。

走出谈话间，利文和被医院保安赶离手术区门边的病患家属们一起返回墙根前的座位区。她坐过的位置被一个睡着的男人占了。身旁一对年轻夫妇打开盒饭的塑料盖垫在地上，坐下立刻吃起来。四周的人都很安静，脸上没有无意为之的悲情。

利文编了一条信息发给柳叔，告诉他母亲的手术很顺利，等母亲恢复一点体力就会联系他。直到此时，柳叔还以为利文的母亲只是入院切除一个小结节。利文的母亲说，柳叔在去年年底因前岳母的病逝而连夜痛哭，吃着代文[①]血压也降不下来，想先瞒着等病理结果明朗了再找机会给柳叔说。

利文的母亲今年刚六十岁。患病的原因，利文认为可能是母亲在小区开美发店多年，早些年便宜染发膏和烫发剂的成分不好，连续几天给客人染发，手背上就烧起一层疹子，反复脱皮，而刺鼻的含汞气体会让人的肺纤维化；也可能是母亲替老主顾在小区里买的三套出租屋集中装修，还频繁领租客看房，网上说，装修时水泥石膏里的氡气很损伤人体；也可能是家里那台老式抽油烟机久未更换，油烟伤了她的肺；还有可能是母亲极为节俭的习惯，爱吃腊肉腌菜，久放后起霉点的馒头也坚持蒸透了吃掉；也不排除客人在店里吞吐的二手烟，手里夹烟的客人男女都有，头发上了药水后就要来一根……母亲或许会为吃不准利文是否真心接纳柳叔作为她的伴侣进入这个小家庭，多年里暗自忧心。按一位病患家属说的，心情一好，免疫力提高，心情一差，啥都白搭。利文知道，母亲也很担心自己老大不小了还这样单着，自己越尽心对母亲，母亲越忧心自己以后老了、病了，身边没人该怎么办。

隔着口罩闻见身旁的饭香味，利文想下楼买个面包时手机震了。一看是从绘发了条消息：忙吗？在哪儿？利文回复：在医院，不忙。从绘说：能见吗？利文回复：930医学中心对面的购物中心吃晚饭？七点？从绘说：好。随后利文收到从绘发来的餐馆定位。

手术区的大门始终敞开。没有能力自生自灭的病人躺着被推进推出，车

---

① 代文，缬沙坦胶囊，一种降压药。

轮滚磨地板的声音让人愣怔地疏离于时下。利文立刻收紧情绪，留待心力用在最需要的地方。

三小时后，病理科上传了母亲的报告书。病区里的负责医生将利文带进办公室，查看电脑上的图片文字。

“和主任的判断一致，你看到了吧？算是‘坏家伙里面的好家伙’。等大病理结果吧，先做基因检测。”负责医生说完将利文送出病区。

门外，基因检测公司的人已在等候取样。从利文母亲身体上取下的那些部分被分装在多个透明小袋，由负责医生交给检测方。负责医生离开后，利文和基因检测公司的人在家属等候区坐下来签字。

“肺腺癌来做检测的意义更大一些，因为能够靶向的概率更高。男性的话是百分之四十多，女性的话是百分之六十多。其他癌种，鳞癌、小细胞肺癌、大细胞肺癌，这些就配不上靶向药。”

利文盯着那两页写满字的纸，基因检测公司的人在身旁温和地讲解。这些超出一般知识范畴的话语让她出奇地平静。

“现在肺癌当中百分之八十以上都是腺癌，临床治愈率极高。”

“明白。”利文说。

“尤其是对不抽烟的亚洲女性来说，能配上的概率也是全世界最高的。现在从报告来看，基本能够配上，一代的一个月可能产生三五百块钱的费用，三代的可能会贵一点儿。报销后可能在一千块左右。”

“一个月的费用吗？”利文问。

“对，一个月。”

“那可以的，完全可以。”

“这个检测还能判断她是否是因为遗传引起的疾病，遗传的突变分为很多种，你知道好莱坞的安吉丽娜·朱莉吧？她检测到也许会让她得乳腺癌的突变基因，所以采取了比较激进的方式。”

“最后一点我还要和您说。”对方补充道，“如果您母亲的大病理显示没有癌细胞，基因检测的费用会退还给您。”

“意思是还有可能为良性？”利文惊讶地抬起头。

“对，每年我们都会遇到四到五名检测者，病理科的初步判断是恶性但大病理结果就是良性。”

签完字后，利文感到耳内连日高亢的电流声音减轻许多。

基因检测公司的人背起双肩包走后，利文和雇请的护理母亲术后住院恢复的护工视频通话。护工将手机镜头对准病床上艰难睁眼的利文的母亲，用哄婴孩般的声音说：“看这是谁呀？你认得吗？”利文的母亲撑开肿胀的眼睛，听话地努力做出点头的动作，嘴唇嚅动，气息断续地叫出利文的小名。护工转过镜头告诉利文，说她母亲已经排了一轮痰，明天早上就能正常说话。

挂断视频，利文有些庆幸将与丛绘的见面约在今晚。以前觉得家里很满，母亲总在购买和堆放，现在她能感受到那个屋里空的部分。有十个自己在里面，还会空得心慌。

夕阳透过落地玻璃照进来，刚才在手术室等待区睡觉的男人，头枕胳膊仍在睡着。此刻走廊上的电梯不像白天工作时间总有人进出。利文换到一张阳光照不到脸的座椅上，开始一张张翻阅和母亲在术前旅行的照片，想留下重复拍摄的多张里最好的一张。当母亲的脸在视线中略显模糊，利文揉擦眼睛片刻，揣起手机起身离开。

利文和丛绘是在二〇〇九年认识的。丛绘自称只在线下见过论坛上聊过天的两个网友，一个是启蒙他玩乐队的北京少爷，一个是利文。丛绘说之所以想见利文，是想认识一个成绩好的女大学生。丛绘在论坛里说自己会弹钢琴和吉他，发给利文自己作的一段曲子。而利文在母亲的美发店见过打扮成丛绘这样的文身痞子，人不太坏，于是答应到丛绘乐队演出的Livehouse[①]里见面。

此刻利文走在医院门口的天桥上，看到对面的购物中心旋转喷射出炫目多彩的柱形灯光，想起那天晚上的演出，狭小空间里鼓噪喧哗。当时丛绘拿着手机从人堆里挤出来冲利文挥手，正要把利文拽到身前时，有个追过来的长发男生将一瓶啤酒高举过丛绘的头顶，灌了他满头满脸。利文还没反应过来，丛绘骂了句，转身将那长发男生拦腰放倒，俩人扭打在地。有个男孩跑来拉扯丛绘，说马上开场了。眼看丛绘坚持在地上缠斗，男孩就从后背给了他一脚。利文退到边上站着等，看丛绘和那人没有停手的意思就离开了。

后来听丛绘说，倒酒的长发男生是另一个乐队的鼓手，和自己同时看上一个来看演出的姑娘。当晚姑娘被鼓手带回家了，过些天丛绘想法子也把姑娘带回家待了一夜，估计是这个事在那晚被鼓手知道了。丛绘对利文自嘲，说那哥们儿完全可以跟他自己乐队的鼓手一样，直接拿酒瓶子照他脑袋上开，看来读了大学就是文明些。利文问他，为什么要盯着别人的东西？大家有的东西都大差不差。丛绘懒懒地说，你没见过世面，什么叫大差不差？你知道我缺什么吗？缺教养，利文回答。丛绘扬起精瘦的下巴，丹凤眼斜了她一眼，挑起嘴角笑着说，我有钱，你那个教养不值钱。

---

① Livehouse，小型音乐演出场所。

购物中心里的音响声震耳欲聋，旋律节奏混杂穿插。利文这次休假陪母亲的起初几天，都会被超市和商场里挤挤挨挨的人流与此起彼伏的声浪逼到口苦咽涩，头晕眼胀，要先找安全通道蹲一会儿缓神。最难受的那次，母亲在她肩头拧出了几块黑紫色的淤痧她才站得起来。利文想，常年在郊外或山里工作的人总老惦记不知道多久以前凑过的热闹，等真能扎人堆了，才发现孬了，一嗓子就给喊破魂。

边走边在手机里找丛绘发来的饭馆定位时，利文想到今晚丛绘应该会聊几天前电话里提到的事。丛绘的母亲在患过新型冠状病毒性肺炎之后也查出肺部问题，看到利文先前发在朋友圈的求医信息，就跟着来问她母亲治疗的经验。

利文觉得丛绘跟自己一样，疾病是显而易见的困境与障碍，也是他们打算和亲人密切关系的机会。跟两岁时就父母离异的利文不同，丛绘的父母熬到他十四岁时才签字离婚，而且丛绘是男孩，父母离婚的原因也不在他。

在购物中心里兜转许久，利文在一家倒闭的饼干店旁找到了那家潮汕海鲜粥馆。粥馆门口摆了一排塑料凳，丛绘戴着墨镜，嘴里衔着一张等位叫号的单子，仰坐在红色凳子中间的一把蓝塑料椅上。

“丛绘！”利文叫他。

丛绘摘下耳机，拿开唇边的纸，冲利文招手：“哎！来坐！”利文在他身边坐下时，丛绘低头把墨镜收进胸前的衣兜里。

“还好吗？”丛绘抽了下鼻子，侧过身来问利文。疫情几年，线下演出减少大半，利文见他熬夜操心挣不上钱的状态都挂在眼圈上了。

“还好。”利文说，“刚阳完。”

"我都三阳了。"从绘掰动手腕笑着说。

"我身边也有三阳的,你比他们看着更……怎么说……"利文平视他身后光线悸动的玻璃说,"更乐观。"

从绘短促而疲惫地笑了笑:"对对对,他妈的烦心事多得我老想笑。"

"你妈回来了?"利文问。

"没有啊……刚和她朋友看完黄老板在纽约的演唱会,跟我说门票才四十刀,Ed Sheeran[①]便宜。"从绘不好意思地笑笑,肩膀耷拉下来,"我妈现在很爱听演唱会,John Mayer[②]她也觉得很好,发消息给我讲很多感受。生病也没有耽误她潇洒,挺好。"

"那她回来吗?" 利文又问。

"我是感觉她有想回来的意思,她没有直说,我也很矛盾……"从绘把右脚腕搭在左腿上,伸手抓了抓头发,"我有点不清楚,应该怎么照顾她……就算她没有生病,和她相处我也担心会很不自然。我们会吵架,她又会哭。"

利文一时间不知道怎么接话,想说血缘不需要太多假动作,但觉得好像也要。

"如果她决定回来,你就先把她从机场接上一直到陪她去医院检查这个时间段的安排都想好。"利文说。

"那她要是不肯手术呢? 她很怕疼,连热玛吉[③]都不敢做,想割双眼皮想了十几年也没弄。"

---

① Ed Sheeran,艾德·希兰,英国流行男歌手。

② John Mayer,约翰·梅尔,美国男歌手。

③ 热玛吉,一种医疗美容项目。

“孩子小时候爹妈一般都管不住，得找外面的老师教。人老了，孩子说什么可能也不太有用，医生跟她说才会听吧。”

“然后呢？如果她很恐惧，我该怎么办？”丛绘挠了挠淌汗的太阳穴。

“没有人一开始就会高高兴兴接受手术，需要时间。在她们自我说服前的时间里，可以去开些中药让她身体舒服一点，再出去旅行，逛一逛。”利文说着又想起手机里那些尚未清理完成的和母亲旅游时拍摄的过多相似的照片。

丛绘闷声不语，往下滑动身体好让头枕在椅背上，好久才说：“旅行？我俩都不太熟好嘛。我猜不到她愿意去哪里旅行，去哪里我觉得她跟我在一起都不会开心。”

丛绘的母亲二十岁时，还是四川达州一座县城里一名爱绘画的文艺青年，每天的工作任务是在县城的各面大墙上写标语口号、画山水风景。丛绘的父亲是河南郑州人，跟着支援四川建设的官员父亲来到县里，准备帮父亲打下手，为当地建设一座纺织厂。丛绘的父亲是个大高个，爱穿风衣，又喜欢傍晚下了工在广场上清唱京戏选段，才吸引了丛绘的母亲。丛绘的母亲会唱歌、懂绘画，长相谈吐也出众，就与丛绘的父亲谈起了恋爱。丛绘的母亲在二十一岁时怀着孕与丛绘的父亲结了婚。婚后不久，纺织厂开始运转，丛绘的爷爷要到广元继续办厂。为了干工作，丛绘的父母商量一家三口人暂时异地。丛绘的父亲先去广元安家，等张罗好了，再将丛绘母子俩接过去。

利文在老早之前听丛绘说，正是在父母分开的这段时间里，丛绘的父亲被一些想向爷爷借力做买卖的生意人盯上了。这些人哄着丛绘的父亲，带他逛舞厅、玩赌博机并承担所有花销。三岁生日时，爷爷把丛绘带去饭店吃大席，到游乐场坐碰碰车。晚上回家，丛绘的父亲送给儿子的礼物是摆在客厅里的一架白色三角钢琴。

从绘三岁半时，爷爷突发脑梗病逝。不久从绘的父亲便开始债台高筑。

从绘说记得自己四岁生日那天，没有人管，在外面和小伙伴耍尽兴了就甩着钥匙爬上楼，进屋前听到父亲在砸东西，母亲在叫喊。开门进去他好像知道这会儿不该发出声音，就静悄悄站着，直到母亲的叫喊声突然嘶哑，才爆发般大哭。

这时父亲从里屋光着上身跑出来，飞踹了从绘一脚，从绘撞向沙发，反弹倒地。母亲抱他起来时，胳膊上立刻沾了从他鼻子里流出的血。母亲将从绘带到卫生间，用花洒为他冲洗。他看着母亲从小声抽泣到跪地痛哭，抹抹鼻子，忘了自己也想哭的事。

四岁生日过后，从绘被送回县城，父母一走就是半年不见面。一天，大姨父带他去净土寺上香，说："你可得好好给菩萨磕头，帮你爹拜拜，让他在广州重新活过，早点把欠我们的一屁股债还上。"

之后两三年间，父母只有过年的时候才会回到县里。从绘七岁那年，康复了的父亲背回来一辆儿童三轮脚踏车，骄傲地对他说："我们去买这个车的时候刚好另一个人也要买，我为了你和那个人吵了一架。你看，爸爸多疼你。"父亲的话叫从绘反复忖想，他觉得十分幸福。从绘忘记了父母归家前，自己曾在市集上拉住一个穿风衣的男人不松手，被推开时还在叫着爸爸；忘记了那个因为感情不顺而精神失常的和母亲年龄相仿被叫作裙裙儿的女疯子，她每天都来找他，搂住他讲故事、喂饼干，让从绘喊她妈妈。裙裙儿被姥姥抄起拖鞋赶跑而自己去拦的事，他也暂时忘记了。

从绘小学二年级时被父母接去广州，在他印象中，父母在的那个家很富裕，还是客厅摆放着三角钢琴的住处。但这次到广州，从绘被带去了当时的城中村，后来改建了的杨箕村。这个家在顶楼，一个漏雨起霉的小单间，外面有一个蓝色塑料板搭起来的棚屋。父母也和以前不一样了，总是吵架。母亲举刀和父亲对峙，为了钱的事死命干仗。如果他们在单间里吵，就把丛绘关进棚屋。夏天，棚屋里有乱飞的大蟑螂和形似蜈蚣的潮虫。丛绘会捉住虫子，装进从县里带过来的裙裙儿给他的空饼干盒里，等这些虫子变干发硬，再摆出来排兵布阵。

起初，丛绘被送入离家很近的一所小学寄读，没有工作的母亲负责接送。三年级的一天，校长把他的母亲叫过去，说你儿子在学校里卖药和放贷，班主任坚持要给退学。母亲问丛绘，为什么要做校长说的那些事。丛绘支吾回避，说吃不惯治咳嗽的甘草片，就把药片用铅笔盒碾成粉子兑进矿泉水瓶里卖给爱喝这个味道的人。还有放贷，是借五块钱给了一个同学，那个孩子两周后还了八块，非要坚持多给三块作为利息，还说这是家里教的规矩。丛绘当时说不出口的是，其实他很骄傲能挣到钱，父母天天为之争吵的，他并不认为有多难。他能帮到这个家，父母就不必再操刀相向。不久，丛绘发现饼干盒不见了，母亲告诉他，自己要出去上班挣钱，父亲会送他去寄宿学校生活。

一个周末的晚上，丛绘的母亲把他从寄宿学校接出来后，直接带去了自己打工的大排档夜宵摊。丛绘一边吃着炒牛河一边写作业，突然听到身后人声鼎沸，转头看，一群人提着刀棍冲进了大排档旁边的海鲜酒楼，那群人里面还有个瘸子。过了二十多分钟，那群人又从海鲜酒楼里冲了出来，在路过夜宵摊时，丛绘看到那个瘸子手里的刀棍没了。丛绘用手上的圆珠笔挑了一根盘里的河粉放进嘴里，抬头看了眼锅灶前的母亲，母亲没有停下翻炒花蛤，只同他对视一眼又继续低下头掂勺。

“很小的时候，我觉得跟我妈还是很熟的，但后面她离开我爸自己做事以后，我跟她就越来越不熟了。我妈搞了工厂以后更离谱，过年都见不到她……”

“你说过一百遍了。”利文苦笑一下。

“都是事实啊！我想和自己的妈一起吃年夜饭没错吧？”从绘烦躁地移开目光，“最近老想起过去那些事。她说我可以在除夕那天约她喝早茶，但如果我迟到超过一刻钟，她就会走人回厂子，到晚上我只能去工厂跟她和工人们一起吃年夜饭。有一回我说我不想在工厂吃，她就给很多钱让我去条件好一点的同学家里玩。但是过年，除夕，哪个小孩想一个人在同学家混？我一个潮汕的同学，他们家年夜饭都是一百多个人一起吃的，那才是家吧？我们家过年过节，只有工人最高兴，可以拿红包，陪我出去玩还能赚一笔，我妈会给陪玩的工人一些钱，工人给我花五十，自己留两百。”

利文脑子里忽然出现托盘里的那截肺叶。肉体的早期病灶可以切了，但记忆不会向后碎裂而去，只会往肉里深钻，往复发作。

“我心里很乱。”从绘把排号的单子攥成一团丢向利文。几分钟后，服务员过来从利文手里接过排号的单子，打开看了看说已经过号，下一桌再安排。

二

吃饭时从绘一直在说话，对利文谈到自己母亲的疾病，觉得是因为她阳康后没有认真休息，恢复不好所致。利文点头赞同。他们的母亲理所当然会轻视这场“感冒”，管它什么毒！她们这辈子极少遇到头孢和左氧氟沙星压制不了的病症，没有逼到眼皮子底下的困顿就不算什么。她们对付过太多难处。

从绘的母亲在大排档打工攒了点钱，就从家里搬出来另租房子，随后投奔在广州白马服装城的亲戚，去档口做了库管。丛绘的母亲刚入行的那两年，一些服装厂开始接到韩国发来的订单。丛绘的母亲羡慕那些韩国的订单一过来，钱一打到账上，第二天就是百万富翁的人。她也结识了不少靠当打手起家的人。那个年代，想要占住一个位置好的档口很难。那时，他母亲也全程见识到在白马做服装的人是怎么赚到了钱，拿着现金去澳门赌，赌完了回来继续埋头苦赚，等赚了更多的钱又继续拿着现金去赌，直到破产。

四年后，当丛绘的母亲也开起了一家小厂，开始珠宝和名牌包傍身，厂子里一个工人的亲戚就把他母亲绑到一间工人宿舍锁起来，找丛绘的父亲要钱。

宿舍里，丛绘的母亲问绑走她的人要多少钱，说你哥在我这儿干了这么多年，我们也都知根知底，你肯定是有困难才走这一步。绑她的人说要三百万现金，丛绘的母亲说这个数目太大，我给不了你，把我杀了我也给不了你。丛绘那时已经很久没有见过母亲，问父亲怎么回事，父亲只说母亲在一个清静的地方休养。很多年后，厂里的工人才把这件事讲给他听。

后来丛绘追问父亲，想知道当时是如何救出的母亲。父亲对丛绘说，他本想报警，又担心对方灭口，于是找绑票的人谈判，让对方把价码降一降，能给就给。对方拒绝了丛绘的父亲，表示他不是卖菜的，不讲价钱。丛绘的父亲想了想，就找来他信得过的几个兄弟和工人，去到绑票的人家里，把他家的门焊上了。给绑票的人打电话时，丛绘的父亲说我报一个数，看这钱你要不要，不要这人你就给灭了，你灭了我老婆，我就把你家给点上。打完电话，丛绘的父亲就报了警，在警察的安排下，丛绘的父亲再次找到绑票的人，谈下一个数目。随后，丛绘的母亲被警察解救出来。出乎意料的是，丛绘的父亲说，虽然绑票的人被判了，但丛绘的母亲仍让这人的哥哥在家里的工厂上班，多年后丛绘的母亲改行重做餐饮那人才离职。

利文的母亲呢？利文记得母亲上一次的难关还是子宫肌瘤手术。那不停增长的肌瘤让她母亲的例假量突然增多，给客人剪发时，血水一度顺着她严重静脉曲张的小腿流下，也是肌瘤让她母亲四十岁时就停经了。利文催母亲尽快去手术，但她母亲总在拖，说想等利文顺利地升入高中，再等利文考上大学。

为了感谢店里一位指点利文填报志愿、选择专业的老顾客，利文的母亲给这位顾客的母亲安排三伏天做排风湿的艾灸套盒，还在店里隔出来一间休息室。屋里没有专业除烟设备，烟熏火燎得利文的母亲双眼通红，汗流得脸色苍白。一天，放置过久的艾灸罐将这位老太太的右脚腕烫起一个水泡。利文的母亲跪在美容床跟前给老太太清理包扎后，当着顾客的面道歉时哭了一场。晚上闭了店，利文的母亲叫利文帮自己放血。利文在母亲的肚脐上方扎两针，再上个气罐去吸，拔出来的血颜色都是乌的。

利文的母亲边熬边撑着在等，直到录取通知书递到利文手中，给老太太的艾灸疗程也做完了，她才歇业住院接受手术。

那时利文经历了和今日同样的步骤。告知、手术、看切除的部分，和柳叔一起等待母亲的苏醒。那时候最安慰利文的，是她每次放掉母亲床侧将要满了的尿袋时，手指摸到的那股温热，活着才有的热。

利文想对丛绘说，我们的母亲像斯诺克球桌上差点儿进洞的白球，关键时刻都从边框上弹开。这一次，当然也会。

“我不理解，”丛绘搁下筷子靠向椅背，手里盘玩着筷架，“为什么我妈要等到病了、难受了才想起我？现在她做的生意全黄了，房子和车都卖了，身体也出了问题了，倒想起我了。”

“你爸做了新买卖，又成家有人管了，你妈就你一个，当然指望你。”利文说。

从绘讥嘲地哼了一声："我妈本来好多年不和我爸联系，疫情前我爸突然找她，给她说了一堆奇怪的话，什么减衣增福、减食增寿。好，她就把手里的生意转让了，开素食餐厅连锁，钱都投了进去。三年啊，除了养活了几个房东，钱都扔了，现在跑美国去帮她同学烤蛋糕，还说攒钱要去新加坡养老，疯了啊！"从绘用手指戳了戳脑袋，"我也只有她一个妈啊！ 可我几年没见过她了，连我爸都见到她了，为什么我都见不到？"

利文看着从绘灌下一杯啤酒，不置可否。

从绘跟着利文走出粥铺时已带着几分醉意。从绘轻拍两下胸口："我现在稍微喝点就难受了，阳了心脏就很难受。"

"去体检了吗？"利文问。

"没有。"从绘摇头，双臂交叉放在胸前环抱自己，"二阳那次我烧了四天，心跳得很快，家里没药我就没吃，以为快完蛋了。"

利文拽住他停下："干吗不打电话找人送药？"

"我找了，我妈说她在纽约。我也找你了，记得吗？ 你没回消息，隔了半个月问我好着没。"从绘并不看利文，边走边笑着说，"那天我就清醒了，每个人都有自己的事要忙，我他妈的也谁都不需要。好啊，度过那个不舒服的阶段我才发现，最难受的其实是后悔啊，我干吗要跟你们开口？ 干吗开这个口……"

从绘重新戴上墨镜，身体沉浸在五花八门的灯光里。"太棒了太棒了啊，喝得开心啊朋友！"从绘神色快活地叫喊，对迎面走来举着酒瓶的人做出碰杯的手势。

利文想起第一次见从绘。从绘被揍得蜷在地上抱头哭泣，T恤衫破烂，头发被酒泡成条绺。此时再面对从绘因酒精发红的脸，她才觉察从绘长得和他父亲如此相像，从绘母亲对他相貌的参与度微乎其微。

那从绘为什么没有留给父亲的疑惑和问题?

利文清晰记得疫情开始后的第二年，从绘说起自己曾接到慈溪市派出所的电话，通知他去保释自己的父亲。开始时从绘还在和派出所的通话中大笑，问对方想骗自己这个穷光蛋什么。直到电话那头传来了父亲的声音，从绘的父亲告诉他，是真的，他人在派出所，从绘这才慌张地找地方做核酸，连夜坐车赶去接父亲。

派出所的警察告诉他，父亲与一位被捕的“修行大师”过从甚密，作为组织里的“师兄”之一接受了审讯。从绘上网搜出自己的百度词条，以个人名誉向警察保证自己的父亲没有犯罪，只是为了修正自己想做个好人才交往不当。从警察局出来后，从绘的父亲笑呵呵地问从绘近况，俩人聊了一路。

从绘向利文感慨，他感到虽然那个所谓的“大师”骗走了父亲那些年里挣到的钱，但父亲学习了那些“课程”变得慈眉善目，还学会了关心人。从绘想给父亲买返回广元的商务座，父亲说目前被限制消费，出门只能坐绿皮车。父亲对从绘说，绿皮车的餐车很不错，里面有很多做生意亏了的老板，穿得人五人六，聊的都是一亿飘十亿。

利文想，从绘甚至都没有问父亲一句，为什么他那么精明，会被一个骗子耍掉了底。

利文记得自己最后一次见到父亲是在高一的寒假。奶奶打电话给母亲，说想见见利文，让母亲带利文去趟家里。

利文的奶奶推开门后，在奶奶家的那间不透光的小屋里，利文看到了趴在地上的父亲。他瘦骨嶙峋，头发稀疏，皮肤苍白，已不会说话。见到利文她们时，瞪大双眼咿咿呀呀，扬起一只手臂挥舞着要抓取。利文的奶奶关上门，扶着助行器，慢吞吞走到客厅，招呼利文母女俩坐下，掏出认亲的红包给利文。利文的奶奶告诉她，她的父亲在监督工地时从高台上摔下来弄坏了髋关节，一躺十年，躺残了。冬天来暖气后，利文的奶奶就会把父亲掀到瓷砖地上，免得他一热就叫唤。

利文在见完奶奶的那天没有和母亲说多余的话。临近新年，利文母亲店里的一位老顾客来烫羊毛卷。老顾客从包里拿出来一沓子照片给母亲看，说这是她家属去嘉德拍卖会拍回来送给女儿的生日礼物。照片里有她丈夫举牌用的号牌，还有那幅拍品，是一幅画作。作者是末代皇帝溥仪的弟弟溥杰的前妻，当年她孑然一人去到香港，卖画为生至终老。利文的母亲恭维许久，讨要了一张画作的相片给利文。说这幅扇面原作是绘在绢上，杏花掩映一处庭院角落，利文可以临摹后装裱挂在家里。

当着母亲面，利文打开煤气灶烧掉了那张相片。利文很清楚，那是另一位父亲送给女儿的生日礼物。而她的父亲就像动画片里被抓进实验室的外星人，翻着眼珠，嘴唇翕动，连女儿的名字都叫不出来。

利文对母亲大发脾气，说为什么要我临摹一个离了婚的女人的画？离婚很光荣？再搞个小孩出来画赝品更光荣？

利文的母亲大哭，随即呕吐不止。利文的母亲抽咽着对利文说，你不要怪我，我也想像梵高的弟弟和弟媳妇那样支持你，可你姥姥姥爷没有留下半毛钱。

利文用母亲师父留给她的那把长剪剪残了挂在卧室墙上的画稿。那把长剪因此锩了刃，虽找手艺好的师傅磨过也再用不成了。

之后，利文和母亲再次聊起那次见奶奶的事。母亲说她闹不清奶奶为什么不给父亲买复健器械，自己却买了助行器和轮椅。自己这么怕死，为什么不给儿子一个机会？

因为那根脐带，质问母亲从来是零成本。

空气溽热，汽车引擎和喇叭的声音嘈杂。等网约车的几分钟里，利文和丛绘并肩站在路边。

“我又开心了。”丛绘说。

“因为吃饱了还是你妈要回来？”利文问。

丛绘哧地一笑：“等我妈回来先带她喝一通宵酒，给她壮胆。”

“想法挺跳脱的。”利文说。

“很多事要想过关，就得当假的看，当真的干。”

“生老病死能当假的看吗？”

“死了的人是先去到一个地方，你往前走就会再遇见。如果还停在这，或者后退，只想时间倒流，就遇不到了。”

“那你说为什么是我们的妈妈遇到这些。”

丛绘朗笑道：“我上网的时候，总是看到有人留言骂我，那些人我根本不认识啊，也没见过面，他们为什么骂我？我自己是人都看不明白这些人，老天爷想把我们怎样，我更不知道了。”

购物中心的灯光时断时续地打过来，激起了希望、喜悦和焦心，利文听丛绘此时说话已没有愤意。

三

从绘乘坐的车开出很远之后，利文穿行天桥返回医院，在住院部楼下的长廊里坐下。

利文先掏出手机，想把下午没有整理好的照片再删一些。手机内存总提示要满，她又不想花钱升级空间。

利文翻看着那些为母亲拍摄的照片。在天台山的国清寺，母亲反复挪动位置，好将隋塔与那株刚开过的三千岁的隋梅取到景框里。利文站在她身后的台阶上方，将她与两位匆匆路过的僧人一同拍下。在天台山大瀑布，利文鼓励母亲爬上水帘洞留影，而母亲走到四叠处就喘息不止，站在水花飞溅的岩石上，指挥利文将镜头避开正攀爬路过的人，抓取她身靠瀑布的侧影……

在临海，利文陪母亲登上东湖公园里一座为纪念骆宾王而修建的楼阁，母亲站在"亘古一檄"的牌匾下观览檄文许久。离开骆宾王祠，母亲对利文说她想起自己当年离婚后，经人介绍到一家理发店工作。剪头师父教母亲用一把二十五厘米长的大剪给客人修剪平头，等母亲能持着大剪在十分钟里修出一个寸头后，师父撵走了另一个总偷用推子的徒弟。临退休回老家前，师父把店也盘给了母亲，只象征性地收了本钱。这段故事利文听过多遍，这时再讲，利文觉得母亲也许想到了，不容商讨的权力或毋庸置疑的才能，是女人也想要或者需要的。

当她们走出公园坐车来到朝天门，开始爬老台州府的江南长城，利文的母亲走得轻盈飞快。在戚继光设计的空心城楼里休息时，利文的母亲独自爬上架设的楼梯，迎着骄阳远眺。利文望向远处黄浊的河水发呆，不去想她这昂奋所指代的虚弱。

打算乘车从温州赶去楠溪江那天，利文早晨起床感到头痛无力，核酸测出两道杠。利文让母亲叫餐送到房间，不要让服务员进门。但推来餐车的服务员听母亲说屋里有人阳了之后，只礼貌笑笑，说没事，指明餐车推到房间什么位置就好。当服务员从屋里离开，利文的母亲激动得直拍手，说现在的温州人和她几十年前打过交道的那些人还是一样，赚钱头等重要。利文打电话给租车司机，说核酸阳性想取消当天行程。电话那头的男生立刻说："你这么远跑过来，不玩一下不遗憾吗？发烧也可以走路，你不可以吗？如果你还能走路，为什么不干脆玩一下？"利文打断他，说："我是在为你着想。"电话那头稍加停顿，又马上说道："我快到酒店楼下了，你可以先下楼走一走，如果你可以走，我们就出发。"因为开着免提，利文的母亲笑得喷出嘴里的菜粥。

利文的母亲是豫西人，但自从十七岁只身前去北京，就很少有人仅从容貌上认出她是北方人。不熟悉的客人也常因为她白净细腻的皮肤和娇小偏瘦的身材问她是南方哪里人，这时她就谦逊地摆手，眯起弯弯的笑眼说，是在中原吃粗粮长大的。

利文母亲的妈妈，也就是利文的姥姥生了三个孩子。利文的母亲上面还有两位哥哥。利文的姥爷早早过世后，姥姥耗尽力气和心思盖起四间屋让利文母亲的大哥结了婚。轮到二哥成家时，姥姥想让利文的母亲给二哥做"换亲"，找一户同样贫穷的人家，让对方的女儿嫁过来做媳妇，自己的女儿嫁过去给人做媳妇。利文的母亲虽然理解姥姥换亲的盘算是因走投无路，但也对此憎恶至极。母亲曾对利文说，自己当时满脑子极端想法：为什么死的是自己父亲而不是母亲。支撑利文母亲心劲的很大一股力量就是在她三岁时就故去的父亲。利文的姥爷幼时起就跟着家里请的上门私塾先生读书，后来继承祖产，管着十几个长工耕耘土地，娶了同为地主家庭出身的姥姥。利文的姥姥除了绣花，没有做过别的活计，更别说下地劳动。利文母亲才三岁时，利文的姥爷夜里患上急性盲肠炎未能及时就医病故，利文的姥姥拉拽着三个孩子被赶离了姥爷的祖宅，住进一间关牲口的破茅屋。利文的母亲说，姥爷过世前，交代姥姥一定要让孩子们好好读书，老三虽是女孩，也一定让她进学校。利文那身单力薄的姥姥也的确按照姥爷所说去做了。尽管姥姥每天抽着烟袋睡三五个钟头，才五十出头就掉了多颗牙齿，利文的母亲和两位哥哥还是因为出身问题分别在高中和初中毕业后离校。

不久，利文的姨姥姥写信来家，让利文的姥姥把母亲过继给她，以减轻姥姥的负担。利文听母亲说，姨姥姥原本也被扫地出门，但姨姥姥当时还未出嫁，后来一个参加过抗美援朝、身体有些残疾的军医娶了她，被带去东北的姨姥姥就再也无须为出身成分发愁了。利文的姨姥姥心疼利文的母亲小小年纪就受家里拖累，决心让她改姓到自己家，以招工的名义迁走户口。但利文母亲小学同班同学的父亲，当时的村支书看中了利文的母亲，一心想留住她给自己儿子当媳妇。母亲对利文说，都怪自己小时候不知愁，什么时候脸上都带笑。一次，学校组织吃“忆苦思甜”饭，母亲端着碗站在村支书儿子旁边，看他边哭边挂着鼻涕唱“止不住的辛酸泪挂在胸”时没憋住笑，说这红薯藤加豆面煮的忆苦饭可好吃了，而且你又不是地主小羔子，你哭什么哭。谁都知道支书的独子小时候吃野菜中过毒，人有些傻，但支书的儿子就坚持说相中了利文的母亲。支书扣住利文母亲的户口，一直拖到错过招工的期限。眼看二哥已选定了有意向的人家，如果利文的母亲不想嫁给傻子，就要给哥哥做“换亲”，选哪头看来都是“死路”。

就在利文的母亲决意先给二哥当“换亲”，之后想法子逃去东北投奔姨姥姥时，利文姨姥姥给母亲的回信到了。信里，姨姥姥告诉母亲，利文的姥爷过去善待家里的长工，曾有一个上门讨饭的人被姥爷收留，安顿去给家里看祖坟。姥爷帮他盖了茅屋，每年给六升粮食作为酬劳，靠这点粮食，他后来结婚生了孩子。如今他的子女长大考学去了北京，在一家毛纺厂工作。如果利文的母亲有决心，不如去投奔这个守坟叔家的孩子。守坟叔在世的时候就说过，姥爷的恩情，他们一家人要生生世世地还。姨姥姥会先给守坟叔的孩子们去封信交代一下，利文的母亲尽快过去就是。

一天夜里，利文的母亲准备先步行逃到邻近的镇上，再想法子去火车站。当她快走出村口时，又觉得心里说不出的难受，掉头疾步走回家去想再看两眼。还没到家，就撞见利文的姥姥正坐在家门外的磨盘前抽烟袋。看见利文的母亲后，姥姥在推煎饼的磨上敲了敲烟袋锅，骂了她一句，说下决心的事就不能回头，又说夜里起风，让利文的母亲经过大队玉米地的时候摘俩苞米带上，守地的人听不见。

利文的母亲到北京投奔毛纺厂的守坟叔一家子后，先经他们介绍进了一家养鸡场上班。那个养鸡场昼夜亮着大灯泡，照着鸡一刻不停地吃料、下蛋。料里面拌了激素，鸡吃了以后下的蛋发红、发软。那两年，软壳蛋噎得母亲老打鸡屎味的嗝。

在守坟叔家的阳台上支行军床睡了两年多后，姨姥姥又主动给守坟叔家的孩子写信，寄去蜂蜜、木耳，让他们帮利文的母亲物色对象。姨姥姥本想把自己的命运由婚姻托了底的这份经验用到利文的母亲身上，但利文的母亲不想寄人篱下给人添难。

住在毛纺厂期间，利文的母亲和一对温州兄弟关系不错。这对兄弟中年纪稍长的叫爪子，小的叫大脚。母亲曾对利文说，爪子肯吃苦，大脚脑袋灵，俩人经常把厂子里的碎布料倒卖出去挣差价。他们认识母亲后,觉得她聪明勤快,就拿了日本的服装册子,给她点钱,又教会她裁剪和踩缝纫机,让她晚上加班照着册子上的样式把布料做成衣服裙子,他们放到夜市上卖。当听说利文的母亲急于结婚成家,大脚主动给母亲张罗,找了厂子里搞染色的一个女的过来谈。这个女的相中了利文母亲,回去就给自己的老领导报告,这位老领导已经退休,老来得子,对三十出头的儿子十分看重。不久,利文母亲嫁入老领导家,她心想,瘦死的骆驼比马大,不算正当时的靠山也是靠山。但她没有提前打听,也没有谁跟她的交情到了说实话的份上。这家人之前也娶过一个女人进门,因为生的是女儿,刚出月子就摁着儿子跟人家离了。介绍人不告诉利文的母亲,兴许觉得反正这个女人一无所有,又或觉得她也许有自己的运气,能生出男孩,日子就好过了。

因为利文的出生,一个女孩,利文的父亲在她母亲生产的当晚就被爷爷奶奶叫回家里。利文母亲的整个月子里,利文的爷爷奶奶和父亲都没有出现。利文母亲靠着东一口西一口地吃病房里其他人家属送来的饭,忍受乳腺发炎的剧痛,与得了黄疸的利文连日苦熬。等出了月子,利文的母亲抱着她回到所谓家里,发现带密码锁的皮箱被撬烂,里面放的三百块钱不见了。利文的母亲问利文父亲,她的钱在哪里。利文的父亲回答,你过门了,那就不是你的钱,是你交给家里的伙食费。利文满月那天,利文母亲向利文的奶奶提出要五块钱,给孩子买一个洗澡的铝盆,再带去影楼拍一张满月照。要求都被拒绝后,利文的母亲抱着利文来到工厂家属院外的一条铁轨近前。

母亲后来说起那天,当不远处的警示铃响起,火车即将驶来,利文突然大哭,在她怀里使劲挣扎。当她要往铁轨上再迈一步时跑过来的一个扳道工将她一把拽住。母亲说,火车开过来的噪声使她只听清老师傅最先冲她喊的那句:你的孩子还不想死!

救下她们的老师傅,随后带母亲去附近一块地里挖野菜。临走前老师傅塞了一把马齿苋给母亲,嘱咐她回去烫熟了拍颗蒜进去,再放点醋凉拌,去去心火。

翻阅照片时,利文点开当时在楠溪江的竹筏上录下的一段视频。影像里,连绵的山峦起伏,雾气缠绕峰巅。沙渚上树木茂密,林中飞出的白鹭乘风舒展,来去盘桓。水流平缓处,能看到划桨板的人。形似柳叶的小船和驭船人挺拔的背姿,绘入山水画中也有意趣。岸边,从支起的帐篷里走出来的孩童,呆呆地注视顺水而下的行船。有破开云雾一角的阳光投来,水面立刻金鳞颤动,焕发出盎然的新绿。

当时利文和母亲并排坐在筏子的竹椅上,凉风习习,让母亲不住地赞叹清凉与安逸。南方柔静多姿的水域和青山令她激动。利文侧过脸去瞥见她的面颊,想起母亲站在天台山大瀑布脚下时激动涨红的面孔。

那日她们游览后离开大瀑布,在济公故居对面的饭店里坐下时才记起寄存的纪念品忘了拿。利文留母亲在餐厅等待,自己打车折返大瀑布。从停车场往入口奔跑时,发现周遭寂静无声。一个小时前还訇然奔流、烟雾腾腾的大瀑布,此时悄然隐去。山顶岩石上留下几道细薄的白色弧线。工作人员说,这处大瀑布目前由人工调控,每日闭园后关停。利文站在园区门口平复心情许久才乘车离开。因为那大瀑布凌虚飞下,过于饱和的活力震撼人心,此刻它却杳然难寻,这才揪起利文的心。这如同望见被疾病摸到闸门的母亲。

手机熄屏,利文长舒了口气。方才吃饭时,丛绘没有多问她母亲手术的情况，也没有问利文是否受得住这件事。利文并不觉得奇怪。很久以前，利文和从绘吃打边炉，她突然问从绘，说："你不给别人夹菜不是你故意的，而是也没有别人给你夹菜，你没见过所以没有学会，对吗？"从绘立刻拿漏勺舀起一只蛏子放进利文碗里，点着头说："对，除非你直接这么点我。"

刚才利文也没有解释，从绘生病而自己没有回复消息的那天，她刚随一个小队上到西北一座海拔四千多米的兵站做临时休整。兵站没有信号，没有网络。

临近中秋节，山里下起小雪。半夜，利文起床给一个要如厕的通讯女兵递了包纸巾后就再也睡不着，头疼得手指都不敢碰。躺到半夜三点多，利文起床取下氧气吸上，发现制氧机开到最大也不好使了。换衣服走到院子里，发现还有四五个同行的人也穿着大衣在缓步走动。大家都在适应，都在等天亮。其中一位操作直升机的机械师说，初上高原的直升机都会出现"尾桨鼓包、油箱漏油、轮胎气压异常"等高原病，何况人呢？而解刀、扳手、抹布基本就能解决铁家伙们的病症，人却不行。

那是事发突然的一次任务。很多人参与当时影像资料的拍摄，可仍有太多需要复盘的时刻散逸而去，无人见证。上级从各方抽调了几名绘画专业的人，命令利文和战友通过对亲历者的采访交流，以素描连环画的形式复原场景，作为补充资料的一环。利文起初有些担忧，自己不是美术专业出身，会扯战友的后腿。团队里有位学院出身油画专业毕业的女孩鼓励利文，说对于这个任务，意愿比能力重要。我们所在的不是职场，是战场。

在一座山谷的板房里，利文曾画下一名军医和机要参谋经历的一个中午。当时，他们俩被空投至一个任务点位的河谷机降点，正迅速收拾医疗物资、机要装备。这时轰鸣的螺旋桨声从远方传来，机要参谋甄别再三，确认是对方的飞机。俩人所处的机降平台三面皆为悬崖，一处是峭壁，无路可走。直升机迫近，他们只得用身体紧搂住物资装备。军医在拍照取证时，机要参谋报告上级。俩人商议，一旦对方的直升机降落，便将机要装备扔下悬崖销毁，机要参谋为保机要密码安全，也随装备一同跃下；军医则要抵死坚持，守据至最后一刻。他们的举动被直升机上的人看得清清楚楚，直升机随即下降悬停在两人头顶。螺旋桨产生的巨大风力掀得他们无法站立只能就地扑倒。搅起的尘沙令人眼前咫尺不辨，砺石飞溅到他们面颊上划刺出血痕，伤口又即刻被冻上。机要参谋用身体压住装备，接连发出像从内脏里压迸而出的几声呼喊。军医后来才知道，那是机要参谋在数算两架直升机盘旋掠过两人头顶的次数。

进行这段故事的绘制时，利文见到当时将军医和机要参谋空投至平台的直升机老驾驶员，把他写在政课教育笔记本首页的一首小诗也抄录在旁：驭鹰守边关，宛若昆仑仙，云中雪山巅，壮美是河山。为这位老驾驶员所在的任务分队，利文绘制了一组素描来记录他们那夜穿云破雾，在深夜转运烈士和伤员的任务经历。

画稿。那道河谷蜿蜒曲折，从河口向河谷的通道异常狭窄。凛冽的朔风摇撼机身，两侧山体倾圮般地夹向机翼。眼见长机机长减慢前飞速度，各驾驶员立刻稳住操纵杆向前缓行。之后再三协同测距，小心翼翼地把控功率，机组才得以穿过浓重的雾幔，降落在山谷中狭小的临时机降场……

画稿。狂风泻出天穹，荡平生灵斗争的一切痕迹。大地不堪多言，力竭心衰。一道棕褐色的沟堑下方，两队战士抬着担架攀爬而上，步速惊人，如从地下钻出数丛箭镞。装载烈士和伤员的机组随后起飞，全力划过雪山浪峰般的银脊。

画稿。机舱内的积冰告警灯高频闪烁，转运返回途中云层越来越厚，老驾驶员决定拉伸高度穿云飞行。穿云飞行是航空飞行器的大忌，直升机穿云导致机体积冰便是死亡的候补。眼见直升机将面临空中剧烈震动，甚至解体，来时的航线也无法返回，机组决定绕飞较远的航线。绕飞途中，老驾驶员的直升机突然剧烈抖动掉高度，他在信道里呼吸急促，竭力大喊：“接到塔台通报，航线前方出现低云，我们需要再次调整航线！”机组再次改航，冉冉向远处升去，闯过伺机引人坠入冥冥的云蔽山、暴风雪、风切变、雷暴雨，终于沿永冻土层上空数条通道之一的备份航线飞回……

镇上的医院。海拔三千余米氧气稍微充足，一个多月里短暂拥有信号的几个小时，利文吊着水，坐在地上翻看丛绘在社交账号发布的图片和视频。大数据顺推了很多人在Livehouse里跟丛绘和乐队的合影，花花绿绿的灯光里，人人脸上都有明暗过渡。

丛绘曾对利文说起小学五年级的时候，父亲看母亲打工的大排档生意不错，就投入家里所有的钱开了一间类似的路边大排档，但父亲不擅长和诸类人周旋，生意不好赔掉了。没有解释的，刚在广州读了三年书的丛绘被送回四川读五年级。

丛绘回去之后，那个小县城一度让他失望至极。他那时刚在广州交了新的同学朋友，学会了说粤语、分辨球鞋的真伪，在游戏厅里玩到忘记晨昏。直至某天，丛绘在达州县城里的这间小学里听到同学们在聊跳舞机。同学们说，县里有人从日本运来了一台跳舞机，摆在一家跳交谊舞的俱乐部门厅大堂。

那天中午，县城里的青年人和小孩都跑到俱乐部门前看热闹，俱乐部老板褪去跳舞机身披的最后一层塑料薄膜，接上电源开机后，随着众人赞叹声机器喷射出彩色灯光。丛绘告诉身边的男同学说："这东西我玩儿过。"男同学说："丛绘你吹牛，这是最尖端的科技。"丛绘说："真的，这个很好玩，我最喜欢玩这个了。"于是男同学怂恿他，让他给大家示范。丛绘走过去找俱乐部老板买了几枚币，投下去，几首曲子就跳到六颗星。

俱乐部老板问丛绘是不是本地人，之前在哪里玩过，丛绘很骄傲地回答，是在广州玩的。

第二天，班里的小兄弟找到他，说外面有人等。丛绘奇怪，说："外面怎么有人等我？谁？要跟我打架？"小兄弟说："不知道，传话的只说那些人站了一排，点名要找你。"丛绘拍了把小兄弟，说谁这么嚣张，待会儿看看去。放学后，丛绘在学校门口见到了一排女生，初二初三的女飞仔。丛绘走过去，问她们在干吗，什么意思。随后，她们中间走出来一位类似于大姐的女生，指着丛绘说："就是你。"丛绘说："什么就是我？"她说："你跟我走。"丛绘说："你是谁？我干吗跟你走？"女生指着丛绘说："他们说你会玩跳舞机，我给你把币都买了，现在你就负责教我玩跳舞机。"丛绘嘴上没说什么，心里想的是还有这种好事，刚好我喜欢玩跳舞机。

那天，丛绘和女生来到俱乐部，女生将买好的币投进去，说要先看丛绘跳。之后，她站上去，丛绘教她动作。当她从台子上跳下来，她对丛绘说："从今天开始，你就是我男朋友了。"丛绘问："什么是男朋友？"她说："男朋友，就是每一天都要负责教我玩跳舞机。"丛绘说："那当男朋友就是教你跳舞？"女生点头说："是的。"

那个月，每天一放学，丛绘就会看到那些女孩站成一排，和第一天见到她们的那个姿势一模一样地等在门口。某天，丛绘告诉女生自己跳累了，不想再教她，这个男朋友也不想当了。丛绘说，小时候很多人都因为自己的瘦小，叫他小麻批儿，而她总在跳舞机上与他倒步交换身位时，摩挲他的后脑勺，叫他丛丛光头儿。她还经常地对他念叨，丛丛光头儿，音乐是个好东西。

利文一直低着脑袋看那些演出的视频，许久才在丛绘和他乐队的旋律里抬起头，窗外目光所及，万山载雪，雪峰峰壁呈泥色，唯有山巅披挂着鸽子羽翼般莹莹的月色。

利文记起丛绘曾说，等你秋天去云居寺看石板经。

几个月后的大年二十九。利文看丛绘给自己发消息，问她在哪儿。利文说，在山里。丛绘回复，牛逼。

利文想，丛绘不明就里，还能说什么呢。

那时，利文在柳叔找的临近河北的一个僻静村子里赶图，没有和丛绘多解释半个字。

就在那个冬天，临近年底的一天夜里。当时在山上找利文画过肖像的一个男孩发来消息说想聊聊，在近期出动的任务中，他的一位同年兵战友走掉了。

"姐，您知道高原护肤霜吗?"男孩问利文，"就是很多边防单位都发的，可以抹手抹脸的护肤品。"

男孩对利文说，牺牲的那个兄弟，他的手每年冬天都会开裂。他们那边卫生队保障有限，每次他去要，人家就给一瓶，一周就差不多用完了。虽然这玩意儿没有高档护肤品效果那样好，但对战士们来说也算是不可多得的"宝贝"。他这个同年兵战友用得快，去要的次数多了，卫生队多少有点意见，开始说些不好听的话。作为班里的兄弟，男孩和战友们就轮流过去要回来给他。前阵子男孩配属别的单位出国训练，高原护肤霜管够，就存了两盒，想着回来带给他这个战友，但等男孩回国刚解除隔离，就听说他战友牺牲了。帮战友整理遗物时，男孩想起战友说今年要好好表现一下，争取转四期。

男孩这些天晚上一闭上眼睛，战友的样貌和声音就浮出，日常催他缅想——战友会数落他不按军医规定增减衣物，不按时按点喝蒲地蓝和板蓝根；会把吃完的单兵自热里的石灰加热包取出来，让他垫在冻麻的脚底板下；还会提醒他临着风道撒尿时注意调整方向，以免尿渍留在靴面上。

“你知道吗?”男孩对利文说，“在宿舍里，我们每人都有自己的内务柜。战友的内务柜上贴着他的照片，里面还有一个很精致的小盒子，应该是他的私人百宝箱。打开时，看到里面有科比的不干胶画，还有好几根一看就是女孩子用的皮筋。我当时就在想，这是他自己珍藏的有意义的小玩意，每回看的时候肯定都很开心，不过那个女孩再也见不到她的男孩了。”

男孩给利文发来霉霉[①]和Bon Iver[②]合唱的Exile[③]。男孩和战友们时常听歌练习英文。利文读高中时，柳叔有一回来家吃饭，说他观察发现利文和母亲都是“石头板子上种花”的性格，他认识的当兵的人也都这样。当时利文并不太理解，这时才了然。

也是在大年二十九那天，男孩又给利文发来图片。利文依次点开，看到那些图片里有路标、大棚、香椿和一口炒菜的大锅。男孩在语音里对利文说：

---

① 霉霉，Taylor Swift，美国女歌手。

② Bon lver，美国民谣乐队名。

③ Exile，一首英文歌曲名称。

"姐,我刚从吊唁战友的路上返回家中,这个路标所指的地方,就是我给您说过的同年兵,冬天时手脚会裂口子的战友老家。"

男孩又说:"我这次探家去了他家里,路很难走,我就感慨,原来他每次休假都要这样回家。到他家,看到他爸爸,父子长得简直一模一样。聊了会儿我说要走,他爸爸就从他家种的大棚里拿了一袋子香椿给我。之前我战友和我聊过种大棚的事情,但我不理解什么是大棚,亲眼看到才知道,种大棚也太不容易了。我和叔叔握手的时候,他满手的老茧和裂口,想起来他当时需要高原护肤霜的那一刻,我要是早点儿赶回来该多好。"

在那一刻,利文知道了对大多数人来说,人生故事只有机会说给子女听。也许一个人活到头的最大乐趣,就在于面对不得不听自己讲话的孩子再讲上几句。可那些男孩牺牲在尚未为人父母的年纪,谁会在记忆里专为他们腾出块空地?他们将如同利文、丛绘的母亲一生所历,也将和他俩至今认不全的家中老人们的姓名一样很快湮灭入尘,何以伫留?

大年三十的傍晚,年夜饭即将开始的时候,利文给在山上因为任务结识的那位女军人发信息,说想约上她一起为失去战友的那名战士所在班级绘制一组连环画,她已经做好了草图方案。晚上近零点时那位女军人回复利文,说很愿意与她一同创作,只不过她刚刚确诊膀胱癌,炎症很重,需要先放化疗一段时间才能手术。在此期间,想先和利文探讨素材,确定每个场景的基本内容。

利文将前期整理的基本资料发给她后坐在书桌前愣神到天明。如果战友需要的时刻能在他身边多好。如果丛绘需要自己的时候能在他身边多好。利文想那个新年与丛绘一同度过,不需要预约,早茶,外卖。可那时,利文也不在自己这里。

云居寺石经山上刻下的经文过一千年也在，利文想，活着的人总有机会。

一个男人走过来，在利文旁边隔着两人座的距离坐下来。路灯下，利文认出他是白天在手术室外家属等待区睡觉的人。

“您今晚等在这儿吗？”男人手撑着座位，探过身来问利文。

“我马上回家了，您呢？”利文问他。

“我在酒店住，但是不想回去。想等到明天一早替换我小姨，今天是她在病房陪我母亲。”男人清了清嗓子，拍打着身旁的条椅，“之前我一直失眠，最近在医院反而能睡着了，在这条凳上都能睡着。”

利文点头。

“我母亲应该是和您母亲前后脚做的手术，您母亲的那个多大？”

“一点五厘米。”

“我母亲的长到三厘米了。”男人摘下口罩，露出一张瘦削干净的脸，“要不是新冠阳了她老咳嗽，我们都想不到带她去拍个片子。她总问我她怎么了，长个结节干吗非得手术，我真的……”男人努力平静地说，“真希望拿到大病理的结果说就是虚惊一场，我们刚给她过完七十岁生日。您的母亲肯定也很年轻。”

“医生手术前找我谈话，说手术存在几种情况，可能术中病人就过去了，也可能刚打开就发现已转移，那么当场缝合，半小时就能推出手术室。”利文说。

“对。”男人轻轻地点头，“当时也找我谈了。做完手术我母亲的牙齿掉了一颗，我猜是从她嘴里往外扯麻醉管子的时候带掉了。”

“能做完手术的人都算运气不错，牙齿可以咬牙模子再做一个。”利文说，“还是应该庆幸。”

“也是啊。”男人笑了笑，“感谢祖宗保佑，祖宗保佑。”

母亲的祖宗会保佑她吗？利文无可奈何地动了动嘴角，心想也许并非谁的护佑，而是见识过太多悬于死生罅隙之间的故事，母亲同她才得以彼此搀着，涉水而过。

四

利文的母亲住院时，和病房里另外四个人在微信建了一个“友友群”。出院后第三天，利文的母亲就已经能靠着利文宿舍里的腰垫和群里的朋友说说笑笑。母亲对利文揶揄其中一人的丈夫不敢看自己妻子身上的刀口，不敢往疤上擦碘伏，感慨此刻利文没有公婆孩子，反而叫她没有其他人感到的负担。尽管还虚弱，利文感到母亲的生命力已在肉眼可见地恢复。

利文的母亲在每天状态最好的时候联系柳叔，哄着柳叔放心，她很快就能回去给他做顿像样的好饭。柳叔在电话那边笑，说自从母亲离家，他就在吃冰箱里的存货，快一个月了都没吃完。母亲也笑了，说她不囤满冰箱心里就慌得很，打小饿怕了。也幸亏这个毛病改不了，疫情期间几口人没短缺食物。

利文的母亲告诉柳叔，病房管得严，每位病人只允许身边留有一人照看，也不允许探视。只有利文帮她请了陪护在看护，病房里其他人都是某一位家里人在。开始她有点儿不自在，但手术过后，大家发现只有陪护才懂怎么帮助病人快速、无痛地排痰，她成了恢复最快、情绪最好的那个。

“我的这个陪护老乡，力气最大，吃得最少。”母亲靠着沙发不无担心地对柳叔说，“她每餐的饭就是拿走我吃剩下的病号餐，再切一根生辣椒拌上生抽。四十多岁快五十岁了，这样吃怎么行？可是我劝她没用，她说她都这么吃下来十好几年了。”

在术后休养的六天时间，利文的母亲和护士、陪护们迅速熟稔。利文的母亲曾让自己的陪护给邻床的病友也介绍陪护，但那个被介绍来的陪护没有被选中。

“没选中她是因为她太黑了，又黑又黄，整个人也显得没力气，一看就疲劳过度。”母亲挂上了和柳叔的电话还在对利文叹息，“我的陪护虽然也瘦小，但是皮肤很白，力气也大。这个黑黑的女的呢，她刚赶回老家抢收完麦子，今年咱河南的麦子遭殃了。我的陪护老乡家的麦子因为雨水太大，发芽了，卖不成钱，黑黑的女的呢，她老家的麦子因为地太旱，瘪了壳，也卖不上价，一斤才卖一块三毛钱。同样是河南，涝的涝旱的旱。”

“你先养好身体，还那么爱管事啊。”利文递给母亲一小块削好的蜜桃。

“她们赶上了好时候，要是我十来岁的时候户口不受限，有如今这么多打工的机会，我可以当保姆、干陪护，就是上太平间搬尸体都行。我不会靠任何人。”利文的母亲嘎巴嘎巴地嚼着桃子，“但是也不会有你，你买的桃子味儿真好。”

利文意识到母亲说话的语速比平时慢多了。

利文记得疫情期间，母亲被触发的恐慌远大于美发店实际受到的，但都不算致命的影响。利文的母亲忙着将美发店的功能复杂化，兼着团菜、存放快递等业务，以增加收入和维持与周边客人的关系。柳叔劝她不要这时候要钱不要命，她反而加大干劲，每天到点核酸，疫苗也赶在街道刚做宣传时就打上了。年前放开后阳了休息不到十天，就跑去店里捯饬收拾，想腾出一点空地方来做新项目。但咳嗽是使大劲儿也憋不住的，柳叔骗利文的母亲自己抽奖中了一个体检名额，把她带去拍了胸片，这才发现母亲肺上的结节已经不小。

“对了，”利文的母亲戴上老花镜，“你还记得咱们去天台车站的时候，有个司机说当地有家上市公司是从做纽扣发家的吗？”

“我记得。现在做外贸，叫什么星材。”利文说。

“我看看这只股票。”利文的母亲拿起手机，“吃一天闲饭我都难受。”

“你不是说不碰股票了吗？”利文问道。

“就三万块钱玩玩，总比存定期强一点儿吧？”

这些年，母亲偶尔还和利文说起帮过她的朋友大脚和爪子，爪子在千禧年跟着一个卤肉店的老板娘跑了，从此杳无音信。大脚先是开手机店，后来把店盘出去了搞金融，找母亲跟他一起玩股票、炒期货，母亲说那个玉米刚种下去就炒它结了多少个棒槌，纯是瞎扯。大脚就训母亲还没断了农民的穷根儿，说钱生钱才真赚钱。母亲回绝了多次，只有炒股票算是学了点皮毛。大脚现如今大发了，母亲和他联系不多，但利文感受到大脚广交朋友、重义气的个性对母亲影响很深。大脚在九十年代就乐得把索尼的随身听送给火车上仅一面之缘的邻座，只因闲聊时邻座说自己年少时争勇斗狠，一只眼被人捅瞎了，如今帮着大伯在福建跑外贸，想赚钱买个贵价的义眼片。

“对了，”利文的母亲又说，“我拍的那些片子都装起来，陪护说我这种病情的攒一年可以卖二百多块钱。你再帮我上网买两盒牛油果，不用买智利进口的，云南的就行。”

“你想吃牛油果？”利文问。

“不是，给隔壁床那个鸡西来的病友，医生说她缺钾，要多吃补钾的。”

“吃香蕉也行。”

“她血糖高。”

“你买她肯要吗？”

“怎么不要，你帮我取病理的那天她男的也会去，你带给她男的。他们要坐火车回鸡西，伤口钻心地疼还得颠上十几二十来个小时，真活受罪。”

“我也给你买一盒。”

“别多买，我不用补钾。”利文的母亲轻拍了一下她，“这个鸡西的病友说我长得像她二姐，她二姐当年下了岗去法国打黑工，养活家里不少人，后来都准备回国了被抢劫的害了。她麻醉还没全醒就说想找她二姐，人得了要命的病，就开始往前想。我也想，要有个这样的姐姐多好。”

“我后悔没早带你检查，早查就好了。”

“这手术我本来都不想做，耽误你时间，你那么忙。”

“我就随你，闲不下来。”利文说，“现在就下单给她买牛油果，你吃香蕉，多吃少想。”

“行。”母亲莞尔。

从医院取回母亲大病理报告的那天中午，利文痛快睡了一觉。母亲的刀口已经开始结痂，让她全然放松下来。

利文傍晚醒来时才看到朋友圈里二十分钟之前丛绘在发疯——

“家庭是个狗屁。我邵丛绘这辈子都不会有家庭！”

“邵丛绘今天已死！别找我，烧纸！”

丛绘找来一张祭奠的图片，把自己的相片贴在花圈中间。

利文发消息过去，丛绘半天也没有回复。

凌晨两点多，利文还是打了电话过去。响铃不久丛绘就接了，声音嘶哑。

“喝了？”利文问。

“喝了。”丛绘打着嗝说，“不喝闲着干吗？”

“干吗发疯，为你爸还是你妈？”

“干吗因为他们？”丛绘起了高调，“我就不能只为自己吗？”

“是你爸?”

电话那边许久没有声音。

“今天我妈和我说,她不回来了。”从绘缓缓地说,“她那个结节是炎症,打了几针再去检查就消了。她在那边继续烤蛋糕,陪男朋友看演唱会。”

“因为这个你疯了? 你是不是傻了? 她没病没灾这多好的事。”利文说。

“可我想她了。”从绘的声音发颤,“因为想她回来,我想起来所有过去的事,所有我以为我忘了的不开心的事全都想起来了。我希望她像所有妈妈一样,会因为照顾孩子而开心,孩子开心她也开心! 可她不是啊,她为什么不是啊?”

利文想起从绘曾说过,自己和母亲爆发过一次很大的争吵。那是从绘初中毕业后,母亲想法子托人把他送入了一家音乐学院的成教班。但没过俩月,校长就把从绘的母亲叫到办公室,说教从绘古典吉他的老师要退了从绘。从绘的母亲那日从校长办公室出来,把从绘叫去工厂的办公室,当着曾经带过从绘的几名老工人的面,把从绘狠狠骂了一顿。从绘对利文说,当时他气疯了,拿起母亲办公桌上的一把美术刀就往自己胳膊上划。被工人冲上去夺下了刀,他又拿头撞墙。利文问从绘是因为挨了骂没面子吗,从绘摇头,说当时疯了是因为母亲从头至尾也没有问过他退学的究竟。从绘说,进了成教班后,他高高兴兴地去上古典吉他课。第一堂课上,老师先让他弹了一段,然后就跟从绘说他的吉他不好,得买同门师哥都用的一款,并给了他一个银行卡号。从绘有些犹豫,问老师能不能宽限一段时间,他知道母亲那段时间有一张大单的生意回款遇到了麻烦,想先拿老吉他凑合着弹,过阵子再找母亲要钱来老师这里买新吉他。老师不依,说如果从绘第三周的课再带自己的吉他过来,就别进他的教室。情急之下,从绘冲老师骂了脏话,背上琴就走人。从绘说那天他和母亲吵架,拿头往墙上撞时一个老工人上前死死抱住他,他母亲却说让工人赶紧松开，他要是撞死了她这当妈的赔命。从绘说，直到听见母亲断续的哭声，他才冷静下来蹲到地上。

“别疯了。”利文在电话这端安慰地说，“请你去吃青年湖公园的烤串。”

从绘并不接话，只抽咽着重复：“我想她了。”

两人拿着手机并不说话的间歇里，利文有很多话想说——

你十五岁的夏天，在我之前，你在线下见到的第一个论坛网友。

从绘，你记得吗？

你在网上发布帖子，说你在广东一所音乐学院里寄读，会弹吉他，想拉人组乐队，在广州和深圳两地均可，末尾你附上了自己常听的爵士老头儿乐歌单。过了两天，有人打来电话，一个北方口音的男孩，说看到了你的帖子，想请你去一趟深圳，见面聊聊。你问对方爱听什么，对方说了一些New School[①]风格和Punk[②]风格的音乐，你觉得也无妨，于是答应尽快去一趟深圳。对方说他就住在莲花山附近，让你到了深圳先找莲花山的邓小平像，然后给他打电话。

两天后，你在邓小平像前给他打电话，不久后，身旁的树林里钻出一个一米八几的北京男孩，将你带到莲花山附近的一个小区。当他拉开家门，你发现整个屋里都是黑的，几处窗户都拉着窗帘。他让你跟着他走进一间小屋，尽管你心里已经发毛，但还是进去了。当他打开小屋里的灯，你盯着这间五六平方米的小屋目瞪口呆。几面墙上都挂满CD封套，一张书桌上摆着一个台式电脑。他让你坐在电脑前的板凳上，然后他将电脑打开。你再次吃惊不已，下载

① New School，新嘻哈，一种音乐风格。

② Punk，朋克，一种音乐风格。

的几千首歌曲，被他按照乐队、音乐风格编入收藏夹。没等你反应过来，他已经开始点开一首音乐的MV，让你看完后和他探讨吉他手为什么要这样处理一段独奏。

那天，在那个板凳上你接连坐了九个小时，深夜才回到父亲在深圳的新家。父亲问你去哪儿了，你说，有个朋友叫你去家里听打口碟。父亲没有问你什么是打口碟，他只希望你别再穿身上那条红色苏格兰格纹紧身裤，也别再碰吉他。你很想告诉父亲音乐是个好东西，吉他救了你，否则你会烂成一坨屎。

当有人打口碟、穿紧身裤，你的母亲开始经营工厂，我的母亲开始跟着大脚和爪子去广州的服装城进货，攒了点钱又经他俩推荐去学美发。最穷的时候，母亲为了省下在火车站广场上两块钱一位的过夜费躲进公共厕所，梦想有一天能住进像广州公厕这样贴满白瓷砖的一间房屋。在收到来自回不去的老家的消息的夜晚，母亲会躲进淋浴间里开大了水声，用我听不懂的方言哭骂。二三十年间，我们的母亲自由地碰壁、吃苦、选择桃子的品种。她们生下我们，赠予我们想哭就哭的权利。

利文记得今年立春这天，丛绘发了一条朋友圈，说刚刚梦见一些斑斓的画面，感觉一个人之所以快乐，是有另一个人把他的苦难挡下了。不是成天无忧无虑天真烂漫，就可以自己创造出快乐，快乐需要条件和因素。你可能认识这个人，也可能不认识。此刻利文就想告诉丛绘，“这个人”大概率首先是自己侥幸爬上岸去的母亲。

“我去找你，你在哪儿？”利文汗涔涔地捧着电话说。

“不用。”丛绘回拒得坚决，“上回你也搞过一次，你说陪我到我酒醒，但我醒了就没看到你。”

“疫情之前我把你送回家那次?”利文问。

从绘嗯了一声。

“你是不是全忘了?”

“嗯?”从绘努力回想,“我忘什么了?”

“你吐完躺下以后就开始喊人,喊的是什么忘了吗?”

“喊的什么?”从绘疑惑地反问。

“你喊一个叫诗诗的人。”利文说。

“诗诗?”

“对,你要是叫我名字我就不会走了。”

“你不就是失失吗? 你的小名。”从绘小声询问。

“谁叫诗诗? 我叫昳昳,给你写邮件最后的落款都是这个。”利文说。

“我知道啊!”从绘嚷起来,“你的小名就是这个啊,丢失的失!”

“一个日子旁加一个失字,你读失? 那是昳! 你念字只念半边的吗?”

“我就读到初中。”从绘哑着嗓子笑了。

听着从绘疲倦的笑声,利文想,如果他们的母亲没有走出家门,从绘不会在十二岁生日时得到一把吉他,不会在广州的某所初中连续交了几次白卷后被送进音乐学院的成教班,更不会看到时代广场的大屏幕上,母亲点播的他和乐队的歌曲。而利文她也不会认识很多的字,一些像昳字这样不好辨认读音的字。

楠溪江那日,利文和母亲下船后乘车去往永嘉书院。书院门厅的墙壁上挂着一幅扇面,扇面上“万事皆道”四个大字下方,还写有摘自南宋思想家叶适《习学记言》中的名句:“物之所在,道则在焉。物有止,道无止也。非知道者不能该物,非知物者不能至道。道虽广大,理备事足,而终归之于物,不使散流。”

利文的母亲驻足读看，仔细听广播里对这一番话的白话解读，随后眼神晶亮地问利文，她这几十年能否算是“道在事中求”？日久经年在事上磨炼也是求道的理论，弥补了她未完成学业的最大缺憾。利文觉得母亲会欣欣然地想象，姥爷若还在世，自己将是他最喜欢的那个孩子。姥爷看重的人，理应是她打拼出来的如今的样子。

母亲回到家里几天后，柳叔给利文打来电话，问她医生是怎么规划下一步治疗的，又隐晦地问她母亲的病情到底是不是如他猜测，其实远比结节严重。利文给柳叔简单地讲了实话，也重复了基因检测公司的人所说的话，病情定论还得看大病理。挂断电话利文感到轻松不少，有些人聪明但不善良，有些人善良但好糊弄，她庆幸柳叔善良而不愚。

在利文读高一那年夏天，母亲在店里搞完办卡促销的活动，揣上钱，蹬上自行车驮着利文去续报美术班的课。快到培训学校的门前时，母亲突然腿抽筋，和利文一起连人带车地摔出去。当时柳叔是培训部长笛班的老师，正在门口和学生家长说话，看到她们摔倒立刻冲过来，眼镜掉地上被自己一脚踩上。柳叔那天给她们买了碘伏、创可贴，也在至今这些年间努力修复和治愈利文母亲感情上的创伤。柳叔也曾想捎带着爱护利文。有一回柳叔在利文母亲店里闲聊，说起利文应该留长发，当着母亲的面，利文回柳叔说，喜欢长头发，那你自己留啊！柳叔憨笑，说留过留过，老师让剪了。柳叔钢琴专业的前妻也出了国，柳叔前妻留在国内的老母亲是柳叔给养老送终的。

利文知道很多父母会把孩子高考后作为两人分开最理想的节点。利文则是在大学毕业时选择了参军，想给母亲和柳叔的关系留个气口，两年义务兵期后等他们关系落定再回来读研，未曾想军营吻合了利文对家庭生活的部分想象，一干就是六年。这些年间，利文看着丛绘在北漂的这些年里也有了不少乐迷和跟着他学吉他的学生，在那个“丛绘家庭群”里，他每天都和大家有的没的说上几句，利文想，丛绘大概能明白自选亲人的感受。

柳叔接替利文照料母亲后，利文踏实地重新捡起绘图的工作，和那位油画专业的女军人继续创作。那位女军人希望能在自己第一次化疗结束后的休整期与利文赶出一组初稿，一疗期间她只是吐酸水，打止吐针就能缓解，而到三疗往后，只会更加难受。利文劝她先专心治疗，养好了再画。她告诉利文说，化疗这些天里她一直感觉特别冷，脑子里一直飘着“濒死感”这三个字，这冷彻周身的寒意，让她更明白自己要画什么。

同为军人的丈夫拿给女军人一本尼采的集子，说平常不都有很多心灵鸡汤吗？这本书是鸡。尼采在书中写道：“塑像者猛击大理石，毫无怜悯之心。塑像者将沉睡的塑像从石头里解救出来，所以他必须毫无怜悯之心，所以我们每个人必须受苦。”遂认为与利文一同绘制这组草图，就是她猛击自己过往生活表象的必要方式。利文上二手书网站找了本尼采的书翻看，将一段话誊抄在仿照十竹斋笺谱而做的鹿胶宣纸上，同画稿草图一道寄给女军人参考：“高高兴兴去战斗，去赴宴，不做忧郁的人，不做空想的人，准备应付至难之事，就像去赴宴一样，要健康而完好。”

利文少年时也喜欢写作文。初一年级作文比赛，利文得了第一名，前十名同学的作文稿都被张贴在教学楼走廊的告示板上，参加家长会的父母们都能看到。那日利文的母亲回家后说，那些同样题为《难忘的一天》的作文里，真正感动她的是一个女孩的文章。她写自己出生后被重男轻女的父亲抛弃，为了给她交初中择校费，她母亲带她上门去找自己很早就出嫁的姐姐借钱。那天姨妈和姨父一家看到她们母女登门就甩脸子，最后她看着姨妈把装着钱的信封扔出门口，让母亲去捡。女孩说，难忘临走前姨父对自己说的话：你最好学出点名堂，你屁股底下坐着你妈这张脸。而利文写的则是母亲在国庆节时带她去公园的游记。利文的母亲对她说，如果你写不出那样的真话，还是别写了。在那之后，利文没有再用心思写过什么。这回，她也想跟着这位油画专业毕业，名叫易解的女军人，试着猛击两下。

在去医院给母亲取门诊病历和大病理的那天，利文再次路过住院部楼下的长廊。那个一度失眠却能在医院睡着的男人正旁若无人地哭泣，他双手撑着分开的双膝，肩膀上下抽动。利文走过时，他抬头看了看，没有停止哭咽也没有说话，利文便也没有停下。之前利文接母亲出院那天，那个男人的母亲刚被转入重症监护室，那日在病区门前遇见利文，他的表情也和刚才一样，像很快地瞥了一眼陌生人。利文心想，我们没有共同命运了，也没有了共同语言。

即使人与人之间有了共同命运，就会有共同的语言吗？利文觉得这并不必然，只是她还算幸运。